동물농장을 다시 읽다

동물농장을 다시 읽다

김욱동 지음

이숲에올빼미

읽을 때마다 새로운 고전

'고전'이라고 하면 흔히 곰팡내 나는 케케묵은 것만을 생각하지 쉽다. 그러나 고전에도 갓 구워낸 빵처럼 새롭고 신선한 것도 얼마든지 있다. 요즈음 들어 자주 듣게 되는 '모던 클래식' 이니 '현대의 고전'이니 하는 것은 바로 이 점을 지적하는 말이다. 언뜻 모순어법처럼 보일지 모르지만 비교적 현대에 쓰인 작품도 몇백 년, 아니 몇천 년 전에 나온 작품처럼 고전의 반열에 오를 수 있다. 다시 말해서 고전은 얼마나 시간이 오래되었느냐는 잣대로 평가받는 것이 아니라, 독자들에게 얼마나 깊은 감동을 주느냐에 따라 평가받는다. 그런데 이렇게 깊은 감동을 주는 고전 작품에는 한 가지 공통점이 있다. 하나같이 특수성과 일반성, 개별성과 보편성과 사이에서 절묘하게 조화와 균형을 꾀한다. 고전은 작품이 쓰인 당대의 문제를 다루면서도 오늘날의 독자들에게도 새로운 의미를 던져 준다.

이 점에서는 조지 오웰의 대표작 『동물농장』도 예외는 아니다. 출간된 지 70여 년이 가까워 오지만 이 작품은 숨 가쁘게 돌아가던 20세기 전반부의 세계 정치 현실을 화석처럼 간직하고 있으면서도 21세기 독자들에게 새로운 의미로 다가온다. 동서 냉전의 상징이던 베를린 장벽이 허물어진 지금 읽어도 시대 의상처럼 한물 지나갔다는 느낌이 전혀 들지 않고 오히려 오월의 훈풍처럼 자못 신선하다. 비교적 최근에 출간된 작품 중에서 이 소설만큼 여러 언어로 번역되어 전 세계에서 널리 애독되는 작품도 아마 찾아보기 쉽지 않을 것이다.

나는 이 책에서 『동물농장』의 산에 오르는 독자들에게 친절한 안내자의 역할을 하려고 하였다. 오웰이 이 작품을 어떻게 구상하고 집필하고 출간하였는지, 어떤 주제를 염두에 두고 창작하였는지, 시간과 공간의 벽을 뛰어넘어 현대 독자들에게 어떠한 보편적 의미가 있는지, 주제를 담는 그릇이라고 할 형식과 기교를 어떻게 사용하였는지, 한국어 번역 텍스트의 수준이나 상태는 어떠한지 등 여러 문제를 폭넓게 다루었다. 어느 특정한 비평 유파나 이론에 치우치지 않고 넉넉한 시선으로 텍스트를 읽으려고 애썼다. 이 책에 '『동물농장』을 다시 읽다'라는 제목을 붙인 것은 바로 그 때문이다. 문학 텍스트를 읽는 것도 음식을 먹는 것과 같아서 편식이 건강에 해롭듯이 특정한 비평 유파에 얽매여 읽는 것도 건강한 독서 방법이라고 할 수 없다.

나는 이 책을 쓰면서 문학을 공부하는 대학생과 대학원생뿐 아니라, 인문학에 관심 있는 일반 독자들도 염두에 두었다. 특히 『동물농장』의 영어 전문을 수록하여 독자가 원어로 이 소설을 읽는 재미도 느끼고, 내가 설명한 대목을 언제라도 확인할 수 있게 하였다. 이 책을 시작으로 나는 앞으로 영국과 미국 문학에서 '현대의 고전'으로 일컬을 수 있는 작품을 선별하여 단행본으로 계속 출간할 것이다. 끝으로 이 책이 햇빛을 보기까지 여러모로 수고해 준 이숲 출판사의 편집부 여러분께 고마움을 전한다.

2012년 가을, 해운대에서
김욱동

| 목차 |

제1부

조지 오웰과 『동물농장』

책머리에 읽을 때마다 새로운 고전 5

제1장 『동물농장』의 구상과 집필과 출간 11

제2장 조지 오웰은 왜 『동물농장』을 썼는가 31

제3장 정치 풍자적 우화로서의 『동물농장』 52

제4장 『동물농장』의 다원적 주제 73

제5장 조지 오웰의 언어관 93

제6장 『동물농장』의 현대적 의미 105

제7장 『동물농장』의 한국어 번역 123

작가 연보 149

참고 문헌 157

제2부

Animal Farm (Original Text) 161

제1장

『동물농장』의 구상과 집필과 출간

흔히 19세기 이단아로 "신은 죽었다"고 부르짖은 프리드리히 니체가 1889년 1월 이탈리아의 투린 지방을 여행할 때의 일이다. 어느 날 아침 카를로 알베르토 광장 끄트머리에 있는 한 호텔에서 막 나왔을 때 그는 마부 한 사람이 채찍으로 말을 때리는 모습을 목격한다. 니체는 말에게 달려가 두 팔로 말을 껴안고 엉엉 울었고, 그 뒤 곧바로 의식을 잃고 길바닥에 쓰러졌다. 니체의 전기 작가들은 바로 이때부터 니체가 정신착란 증세를 보이기 시작하였다고 입을 모은다. 그러나 니체가 말을 껴안고 운 것은 정신착란을 일으켰기 때문이라기보다는 짐승에 대한 사랑이 남달랐기 때문이다. 실제로 그는 자연에서 인간의 넝마를 벗겨 버리는 한편, 인간으로 하여금 잃어버린 자연의 모습을 되찾게 하려고 무척 애썼다. 인간이 자연을 지배하고 정복하는 과정에서 자연은 어쩔 수 없이 인간의 상처가 남아 있을 수밖에 없었고, 인간은 인간대로 자연의 본래 모습을 점차 잃어버리게 되었던 것이다.

니체처럼 이렇게 인간이 짐승을 학대하는 모습을 보고 무척 가슴 아프게 생각한 것은 영국 작가 조지 오웰도 마찬가지였다. 스페인 내전에 참가하여 공화파 정부 편에서 싸운 뒤 영국에 돌아온 오웰은 뉴잉글랜드의 남동부 하트퍼드셔 지방의 한적한 시골 마을에서 얼마 동안 생활한 적이 있다. 어느 날 시골 길을 지나가다 열 살쯤 되어 보이는 소년이 큼직한 짐마차를 몰고 좁다란 길을 가면서 말이 고개를 옆으로 돌릴 때마다 채찍으로 때리는 모습을 보게 되었다. 매를 맞고도 아무런 저항도 못 하는 짐승을 바라보고 오웰은 몹시 안타깝게 생각하였다. 어렸을 적부터 동물을 무척 사랑한 그는 이렇게 동물이 학대받는 것을 보고 가슴 아파하였다.

힘없는 동물이 인간한테 채찍을 얻어맞는 모습을 지켜보면서 니체는 의식을 잃고 길거리에서 쓰러졌지만, 오웰은 이 경험을 바탕으로 소설 한 편을 썼다. 오웰은 "저런 짐승들이 자신의 힘을 깨닫게만 된다면 우리는 그들을 통제할 힘이 없을 것이라는 생각, 그리고 유산자가 노동자 계급을 착취하는 것과 똑같이 인간이 동물을 착취한다는 생각이 갑자기 뇌리에 스쳐갔다"

1912년 3월 어린 오웰이 그린 동물 그림 아래쪽에 "동물은 우리를 해칠 수 없어요"라고 써놓았다.

고 그때 겪은 일을 회고한다. 평생토록 한 번도 사회주의에 대한 믿음을 잃지 않은 사람답게 그는 동물 학대나 착취에서 동료 인간에 대한 인간의 학대나 착취를 발견하였다. 그리고 이 경험은 뒷날 그가 『동물농장』(1945)이라는 작품을 쓰는 데 그야말로 결정적인 역할을 하였다.

세계 문학사를 보면 이렇게 작가들이 우연히 떠오른 작은 이미지에서 작품의 실마리를 풀어 나가는 경우가 참으로 많다. 영혼을 고문하듯이 고심에 고심을 거듭하며 작품을 구상하는 작가들이 없는 것은 아니지만, 대개는 오웰처럼 우연히 발견한 작은 이미지를 주춧돌로 삼아 소설의 집을 짓는다. 그러고 보니 영국 문학에 심리적 사실주의 전통을 세운 헨리 제임스도, 미국 남부 미시시피를 배경으로 '요크너퍼토퍼'라는 신화적 왕국을 건설한 쓴 윌리엄 포크너도 그러하다. 제임스는 자신의 운명에 맞서려는 한 젊은 여성의 이미지에서 『귀부인의 초상』(1881)을 구상하게 되었다고 털어놓는다. 포크너도 조그마한 보따리를 손에 쥐고 시골 길을 걸어가는 한 시골 처녀의 이미지에서 힌트를 얻어 『팔월의 빛』(1932)을 쓰게 되었다고 밝힌 적이 있다.

1937년 스페인 내전 당시 아라곤 전선에서 민병들과 함께 포즈를 취한 오웰과 아일린. 신장 182센티미터로 당시로서는 키가 컸던 오웰의 모습이 가운데 보이고 그의 왼쪽 앞에 앉아 있는 여인이 아일린이다.

조지 오웰이 동물들에 빗대어 러시아 혁명과 소비에트연방의 정치 체제를 비판하려고 처음 마음먹은 것은 『동물농장』을 집필하기 몇 년 전인 1937년이었다. 1937년이라면 스페인 내전이 일어난 지 일 년 남짓 지난 무렵이다. 1936년 7월 프란시스코 프랑코를 중심으로 한 우파 반란군과 마누엘 아사냐가 이끄는 좌파 인민전선 정부가 충돌하면서 스페인 내전에 처음 불을 댕겼다. 이 내전이 일어나자마자 이해 겨울 오웰은 갓 결혼한 아내 아일린 오쇼네시와 함께 내전에 참가하였다. 무엇보다도 그가 평생 혐오한 파시즘 세력에 맞서 싸우기 위해서였다.

1937년 1월 바르셀로나 레닌 막사를 떠나는 POUM(Partido Obrero de Unificación Marxista) 민병대원들. 오웰은 트로츠키주의자들과 노동자·농민 세력으로 구성된 이 당에 가입했으며, 이들에 대한 스탈린주의자들의 폭압을 체험하고 나서 전체주의에 대한 반감은 평생 그를 떠나지 않았다.

그러나 대부분의 외국인 자원병들과는 달리 오웰은 국제여단에 들어가지 못하고 스페인 트로츠키주의자들로 구성된 마르크스주의 통일노동당(POUM) 민병대에 소속되었다. '국제여단'이란 스페인의 파시즘 세력에 맞서 좌파 인민전선 정부를 돕기 위하여 설립한 국제적 좌파 연대 의용군을 말한다. 흔히 '제3인터내셔널'로 일컫는 국제 조직 코민테른이 이 여단을 조직하는 데 주도적인 역할을 하였다. 이 무렵 스페인 내전에서 싸운 외국인들은 대부분 국제여단에 소속되어 있었다. 가령 미국의 소설가 어니스트 헤밍웨이만 하여도 비록 북아메리카 신문 연

맹(NNNA)의 특파원 자격이기는 하였지만, 국제여단과 관련을 맺고 공화파 정부 편에서 싸웠다. 또한, 헤밍웨이의 아내 마서 겔혼을 비롯한 존 도스 패서스, 아서 쾨슬러, 스티븐 스펜더, 크리스토퍼 콜드웰, 실비어 워너, 존 콘퍼드, 조지 바커, 랠프 폭스 같은 영국과 미국 작가들과 시인들이 내전에 참가하였거나 내전을 소재로 작품을 썼다. 이 밖에도 파블로 네루다, 세자르 바예호, 옥타비오 파스 같은 스페인 문화권의 시인들이 스페인 내전을 예술 작품으로 형상화하는 데 주도적인 역할을 하였다. 그리하여 칼로 승리를 거둔 것은 프랑코파 파시스트들이지만, 펜으로 승리한 것은 인민전선 편에 선 작가들이었다고 흔히 말한다.

아라곤 전선에서 여섯 달 남짓 머물던 오웰은 바르셀로나 시가지 전투에서 파시스트 저격병이 쏜 총에 맞아 목에 부상을 당하였다. 엎친 데 덮친 격으로 1937년 여름 스페인을 부분적으로 장악한 공산주의자들이 트로츠키주의자들을 잡아들이기 시작하였고, 오웰 부부는 그들의 표적이 되었다. 소련에서 이루어지고 있던 대숙청 작업의 연장선에서 스탈린주의자들은 스페인에서도 트로츠키주의자들에게 파시스트들과 공모하였다는 혐의를 씌워 숙청하였던 것이다. 오웰과 아일린은 구사일생으로 스페인을 탈출할 수 있었다.

영국에 돌아온 오웰은 파시즘과 스탈린주의에 적잖이 환멸을 느꼈고, '소비에트 신화'와 파시즘의 참모습을 널리 알릴 목적으로 소설 작품을 쓰기로 마음먹었다. 그는 이오시프 스탈린이나 이 무렵 나치 정권을 이끌던 아돌프 히틀러가 인류 역사에서 흔히 볼 수 있었던 독재자가 아니라고 생각하였다. 즉, 그가 보기에 이 두 사람은 지금껏 보아온 것과는 전혀 다른 차원의 독재자들로 인류에 엄청난 폐해를 끼칠 인물이었던 것이다.

오웰은 제2차 세계대전이 끝난 뒤 독일 난민 수용소에서 생활하는 우크라이나인들을 위하여 번역한 『동물농장』 서문에서 "누구나 쉽게 이해하고 다른 언어로 쉽게 번역할 수 있는" 작품을 쓰려고 마음먹었다고 밝힌다. 그러나 생각만 하고 있었을 뿐 작품에 관한 세부 내용이 막상 머리에 떠오르지 않던 중 그는 우연히 방금 앞에서 언급한 그 시골 소년과 말을 만났던 것이다. 그때까지 막연했던 작품이 이제 오웰의 머릿속에 좀 더 구체적인 모습으로 떠오르기 시작하였다. 그는 이 순간부터 작품의 이야기를 풀어 나가는 것이 그리 어렵지 않았다고 털어놓은 적이 있다. 그가 늘 꿈꾸던 평등한 이상 사회의 모습을 인간한테 착취당하는 동물들이 마침내 인간을 몰아내고 스스로 농장을 건설하는 우화에 빗대어 말하면 안성맞춤일 것 같다는 생각이 들었기 때문이다.

스페인 내전은 스페인 사람들은 말할 것도 없고 유럽인들에

이오시프 스탈린(1879-1953)과 아돌프 히틀러(1889-1945)

게 엄청난 충격을 안겨 주었다. 프란시스코 프랑코파를 파시스트 진영인 나치 독일과 이탈리아가 지원하는 한편, 반(反)파시즘 진영의 인민전선을 소비에트연방이 지원함으로써 이 내전은 유럽 여러 국가끼리 다투는 대리전의 양상을 띠면서 마침내 제2차 세계대전의 발발이 임박했음을 알리는 전주곡이 되었기 때문이다. 1939년 4월 공화파 정부가 마드리드에서 항복하여 프랑코파의 승리로 끝났지만, 스페인 전 지역이 그야말로 초토화되다시피 하였다. 스페인 내전 이후 유럽인 사이에서는 좌익과 우익이 어느 때보다도 첨예하게 대립했지만, 일반인 사이에서는 정치적 무관심이 널리 퍼지게 되었다.

한편 스페인 내전은 오웰 개인에게는 사회주의에 대한 신념을 더욱 굳건히 다져 주었을 뿐 아니라, 소설가의 역할과 임무를 새롭게 되새기는 계기가 되었다. 영국의 젊은 문인 중에는 오웰처럼 스페인 내전에 직접 참가한 사람이 적지 않았다. 가령 시인 W. H. 오든도 그 가운데 하나였다. 윈스턴 처칠의 조카 에스먼드 로밀리 같은 자유주의자들도 파시스트에 맞서기 위하여 내전에 참가하였다. 그런데 그들은 대부분 내전의 실상을 몸소 겪으면서 점차 사회주의와 공산주의에 회의를 느끼고 정치에 무관심한 태도를 보이게 되었다. 그러나 오웰만은 그러면 그럴수록 오히려 사회주의를 더욱 굳게 지켜야 한다는 사명감을 느끼며 각오를 새롭게 하였던 것이다.

뒷날 오웰은 "우리는 아주 운이 좋아서 스페인을 살아서 무사히 빠져나올 수 있었다"고 고백한 적이 있다. 오웰과 달리 운이 나빠 탈출하지 못한 친구 중 많은 사람이 붙잡혀 총살당하였고, 어떤 친구들은 실종되었으며, 또 어떤 친구들은 오랫동안 감옥에 갇혀 고생하였다. 오웰은 저격병이 쏜 총알이 1밀리미터만 왼쪽으로 지나갔어도 그의 목을 관통하여 목숨을 잃었을 것이다. 그러나 천만다행으로 그의 기관(氣管)을 살짝 스치고 지나갔을 뿐이다. 물론 이 사고로 그는 평생 쉰 목소리를 내야 하였다.

레온 트로츠키(1879-1940). 본명 레프 다비도비치 브론슈타인(Leib Davidovich Bronstein). 10월혁명에서 레닌과 함께 볼셰비키당의 지도자 중 하나로 소비에트연방을 창설했다. 초대 소비에트연방의 외무부 장관을 지냈고 붉은 군대를 창립했다. 영구혁명론을 주장하여 스탈린과 대립하여 1927년 당에서 제명당하고 국외로 추방되었으며 제4인터내셔널을 결성하여 반소·반혁명 활동을 하다가 1940년 멕시코에서 암살당했다.

오웰이 스페인을 탈출하면서 운이 좋았다고 말하는 것은 1937년 중반부터 스페인 정부 권력의 일부를 장악한 스탈린의 기관원들이 저지른 살인적 만행에서 벗어날 수 있었기 때문이다. 앞에서 잠깐 언급하였듯이 오웰은 공산당으로부터 트로츠키파로 의심받고 있었다. 이 무렵 스탈린의 기관원들은 레프 트로츠키를 따르는 추종자들을 색출하여 처단하기 시작하였고, 오웰은 자신의 아내와 함께 처벌 대상자라는 사실을 알아차렸다. 그는 아내 아일린과 함께 야간열차를 타고 간신히 스페인을 빠져나올 수 있었다.

이렇게 오웰은 스페인 내전에 참가하면서 스탈린과 그가 이끄는 소비에트연방 정부의 실상을 몸소 겪었다. 이 경험은 그의 정치사상에 큰 영향을 끼쳤을 뿐 아니라 더 나아가 작가가 되는 데에도 아주 값진 경험이 되었다.

"스페인에서 일어난 인간 사냥은 소련에서의 대숙청과 동시에 이루어졌고, 그들에게는 대숙청에 대한 일종의 보완 작업과 같은 것이었다. 러시아와 마찬가지로 스페인에서도 기소 내용은 동일하게 파시스트와 공모했다는 것이었고, 나는 스페인에 관한 한 그 기소가 거짓이라고 믿을 만한 충분한 이유가 있었다. 나는 이러한 모든 것을 경험하면서 값진 교훈을 얻었다. 나는 전체주의의 선전이 민주주의 국가에 살고 있는 지식인들의 의견을 얼마나 쉽게 통제할 수 있는지를 배웠다."

오웰은 내전 중에 죄 없는 사람들이 단순히 '이단'이라는 혐의를 받고 투옥되거나 처형되는 현실을 목격하고 적잖이 충격받았다. 그런데 이보다 더욱 큰 충격은 그가 영국에 돌아와서 목격한 일이었다. 영국의 언론들은 모스크바나 스페인에서 벌어지고 있는 끔찍한 공모와 배반 등을 기상천외한 방식으로 왜곡하여 보도하고, 지식인들은 이 보도를 액면 그대로 믿고 있었다. 오웰은 영국인들이 독일의 나치 정권의 실상을 제대로 알지 못하던 것처럼 이번에는 소비에트연방의 본질을 제대로 깨닫지 못한 채 여전히 공산주의나 사회주의의 환상에 도취하여 있다는 사실을 무척 안타깝게 생각하였다.

이 무렵의 일을 회고하면서 오웰은 "나는 소비에트 신화가 서구 사회주의 운동에 끼치는 부정적인 영향을 전보다 더욱 분명하게 이해하게 되었다"고 고백하였다. 그러면서 그는 "1930년부터 나는 소비에트연방이 우리가 진정으로 사회주의라고 부를 수 있는 방향으로 나아가고 있다는 증거를 거의 보지 못하였다. 오히려 그와는 반대로 소비에트연방이 계급사회로 변질하고 있는 명확한 징후를 보고 충격을 받았다"고 술회하기도 한다. 오웰은 점차 시들어 가는 사회주의 운동을 다시 되살리기 위해서라도 "소비에트 신화"를 무너뜨려야 한다고 확신하게 되었다. 그리고 그가 『동물농장』을 쓴 것은 영국은 말할 것도 없고 서방 세계에 소비에트연방과 스탈린주의의 참모습을 널리 알림으로써 사회주의에 새로운 힘을 불어넣기 위한 시도였다. 『카탈로니아 찬가』(1938)가 정치 저널리스트 오웰이 프랑코의 파시즘에 맞서 싸우면서 그 역사의 현장을 생생하게 증언한 책이라면, 『동물농장』은 소설가 오웰이 문학적 상상력을 발휘하여 빚어낸 찬란한 우주라고 할 수 있다.

『카탈로니아 찬가』(1938)

조지 오웰은 『동물농장』에 대한 구상을 마쳤으면서도 이런저런 일로 막상 이 소설의 집필에 집중할 수 없었다. 그가 예언한 대로 스페인 내전이 끝나자마자 제2차 세계대전이 일어나고 오웰은 향토 방위병으로 근무하는 한편 BBC 방송국에 소속되어 인도 및 동남아시아를 대상으로 방송하며 바쁜 나날을 보내야 하였기 때문이다. 또한, 이 무렵 폐결핵을 앓고 있던 그는 몸이 몹시 쇠약해져 있었다. 이러한 상황에서 그가 좀처럼 작품 쓸 시간을 낼 수 없었던 것은 불을 보듯 뻔한 노릇이다. 제2차 세계대전이 거의 종말을 향하여 치닫던 무렵에야 오웰은 BBC 방송국을 그만두고 나서 1943년 말 좌파 잡지 『트리뷴』에서 문학 편집자로 일하면서 자유롭게 글을 쓸 수 있었다. 이 무렵 그는 집에 목공실을 만들고, 동물을 키우고, 아이를 입양하는 등 그 어느 때보다도 평화롭게 생활하였다. 그리하여 1943년 11월부터 이듬해 2월까지 넉 달에 걸쳐 집중적으로 이 소설을 집필하였다. 그러니까 작품을 처음 구상한 지 무려 6년 만에야 비로소 탈고하기에 이르렀다.

그러나 막상 이 소설의 집필을 끝내고 나서도 좀처럼 출판사를 찾을 수 없었다. 그도 그럴 것이 이 무렵에는 영국과 미국

BBC 재직 시절 오웰(1943)

이 소련과 동맹 관계를 맺고 있어 어떤 출판사도 소비에트를 비판하는 책을 출간하겠다고 선뜻 나서지 않았기 때문이다. 대서양 양쪽에서 소비에트 정부는 아직도 적잖이 인기를 끌고 있었다. 더구나 소비에트는 나치 군대를 퇴각시켰기에 인기가 더더욱 높았다. 1940년대 초엽에는 심지어 보수주의자들마저 소비에트 편을 들기 일쑤였다. 가령 『역사란 무엇인가』(1961)로 유명한 영국의 사학자 E. H. 카조차 히틀러에게 보이던 충성을 이번에는 스탈린에게 보이기 시작하였다. 그러므로 이 무렵 소비에트와 스탈린주의를 비판하는 책을 출간한다는 것은 가히 시대착오적이라고 할 수 있었다. 전쟁 중이라 이 무렵에는 책을 쓰는 사람이 그다지 많지 않아서 웬만한 책이면 쉽게 출간할 수 있는 상황인데도 사정은 마찬가지였다. 오웰은 출판사 네 곳에 원고를 보냈지만, 하나같이 거절당하였다. 심지어 그동안 그의 책을 도맡아 출간해 오다시피 한 골런츠 출판사마저 이 작품의 출간을 꺼렸다.

여기에서 잠깐 흔히 '오웰 리스트'로 일컫는 명단을 살펴보는 것이 좋을 것 같다. 1950년에 폐결핵으로 사망하기 일 년 전인 1949년 오웰은 영국의 '정보연구국(IRD)'의 반공 선전 행위에 부적절하다고 판단되는 유명한 작가들과 유력 인사들의 명단을 만들었다. 이 기관은 냉전이 시작된 이후 영국의 노동당 정부가 설립한 선전 기관이었다. 이 기관에서 일하던 세릴아

오웰과 입양아 리처드 (1945)

커원은 이 무렵 병원에 입원 중이던 오웰을 방문하여 도움을 청하였고, 오웰은 그 청을 받아들여 명단을 작성하였다. 이 리스트는 오웰의 생시에는 비밀문서로 분류되었다가 그가 사망한 지 반세기가 지난 2003년에야 비로소 공개되어 큰 파문을 일으켰다.

그런데 이 리스트에는 방금 앞에서 언급한 E. H. 카와 노먼 맥켄지 같은 역사가들, J. B. 프리슬리, 나오미 미치슨, 알렉스 컴퍼트 같은 소설가와 시인들, 『뉴스테이츠먼』의 편집자 킹슬리 마틴, 『데일리 익스프레스』의 모스크바 특파원 앨러릭 제이컵, 『뉴욕타임스』의 모스크바 특파원 월터 듀런티 같은 저널리스트들이 포함되어 있다. 또한, 고고학자 고든 차일드, 철학자

존 맥머리, 물리학자 패트릭 블랙킷 같은 교수와 학자들의 이름도 보인다. 그 밖에도 찰리 채플린, 캐서린 헵번, 마이클 레드그레이브 같은 배우들, 그리고 베시 브래덕, 톰 드리버그, 존 플래츠-밀스, 스티븐 스윙글러 같은 하원위원들도 이 명단에 포함되어 있다. 더욱 놀라운 것은 에드거 영 같은 해군 고위 장교도 들어 있다는 점이다. 이 리스트에 대하여 이 무렵 오웰이 폐결핵 증세로 정신이 혼미한 상태에 있었기에 제대로 판단을 내리지 못하였다는 지적도 없지 않다.

오웰은 모더니즘의 대부 격인 T. S. 엘리엇이 임원으로 있던 페이버 앤드 페이버 출판사에도 원고를 보냈지만 역시 거절당하였다. 오웰에게 보낸 편지에서 엘리엇은 『동물농장』이 "좋은 작품"이고 "본질적으로 정직한" 소설이라고 칭찬하면서도 막상 출판은 할 수 없다고 밝혔다. 출판사에서는 작가의 트로츠키주의적 입장을 받아들일 수 없다는 것이 거절 이유였다. 그러던 중 한 출판사가 오웰과 가계약을 맺고 이 작품을 출판하기로 하여 원고를 받아 작업에 착수하였다. 물론 영국 정보부와 상의를 거쳐야 한다는 단서를 붙였다. 그런데 얼마 뒤 출판사에서는 도저히 책을 낼 수 없다는 내용과 함께 그에게 다음과 같은 편지를 보내왔다.

"이 우화가 일반적인 독재자와 독재 정권을 다루었다면 출판하여도 괜찮겠습니다만, 제가 보기에는 러시아 소비에트 정부와 그 두 독재자의 행보를 완전히 따르고 있어 오직 러시아에만 들어맞고 다른 독재 정권들에는 들어맞지 않습니다. 또 다른 이유도 있는데, 만약 우화에 묘사한 지배계급이 돼지가 아니었더라면 덜 거슬렸을 것입니다. 돼지를 지배계급으로 선택한 것이 많은 사람, 특히 러시아 사람들처럼 조금 과민한 사람에게 틀림없이 불쾌감을 줄 것입니다."

이 편지 내용은 오웰이 『동물농장』 초판의 서문으로 썼지만 무슨 이유 때문인지 실리지 못하고 있다가 뒷날 1972년에 이르러서야 「언론의 자유」라는 제목으로 비로소 빛을 보게 되었다. 이 출판업자는 이데올로기적 이유를 들어 『동물농장』을 출판할 수 없다고 밝히고 있지만, 실제로는 영국 정보부의 압력이 크게 작용하였다. 오웰이 윗글에서 밝히고 있지는 않지만, 뒷날 공개된 자료를 보면 이 출판사는 정보부의 한 고급 관리한테서 이 원고를 출판하지 말라는 경고를 받고 가계약을 철회하였다. 그 정보부의 관리는 '피터 스몰리트'라는 사람으로 뒷날 소비에트 스파이로 드러나 영국을 떠들썩하게 하였다는 사실은 참으로 역사의 아이러니가 아닐 수 없다.

오웰은 「언론의 자유」에서 이 무렵 영국에서 사상과 표현의 자유가 크게 위협받고 있었다고 지적한다. 오웰은 정부의 압력도 압력이지만, 그보다도 출판사들이 자발적으로 자기검열을 한다는 사실에 적잖이 절망을 느낀다. 이 점과 관련하여 그는 "출판업자들과 편집자들이 특정한 주제를 다룬 책을 출간하지 않으려고 하는 까닭은 그들이 기소될 것을 두려워해서가 아니라 여론을 두려워하기 때문이다"라고 잘라 말한다. 이 출판사는 바로 영국에서도 명망 있는 출판사 조너선 케이프였다. 이러한 와중에 독일로부터 공습을 받는 바람에 이 작품의 원고가 불에 타버릴 뻔한 적도 있었다.

이렇게 일 년 하고도 여섯 달에 걸쳐 네 출판사에서 거절당한 뒤 '세커 앤드 워버그'라는 조그마한 출판사가 마침내 오웰의 『동물농장』을 출간하겠다고 나섰다. 1936년에 문을 연 이 출판사는 반파시즘과 반공산주의 입장을 대변하는 것으로 이름이 있었다. 몇 해 전 『카탈로니아 찬가』를 출판한 것도 바로 이 출판사였다. 이 일이 인연이 되어 앞으로 오웰의 책은 하나같이 이 출판사가 도맡아 출간하게 된다. 그리고 오웰은 사망할 때까지 이 출판사의 사장 프레드릭 워버그와 친밀한 관계를 유지하였다. 『동물농장』은 우여곡절 끝에 1945년 8월 17일에 비로소 세상 빛을 보게 되었다. 이 출판사가 아니었다면 이 작품은 아마 이보다 훨씬 늦게야 출간되었거나, 어쩌면 아직껏 출간되지 않았을지도 모른다.

그런데 『동물농장』 초판본에는 방금 앞에서 언급한 오웰의 서문 「언론의 자유」가 실려 있지 않다. 출판사에서는 마지막 조판할 때까지 서문이 실릴 지면을 남겨 두었다. 그러나 무슨 까닭에서인지 오웰은 이 글을 출판사에 보내지 않았고, 출판사에서는 결국 쪽수를 다시 조정하여 서문 없이 초판을 출간할 수밖에 없었다. 방금 앞에서 언급하였듯이 이 책이 출간된 지 30여 년이 가까운 1972년, 이언 앵거스가 이 서문의 타자 원고를 발견하였고 이해 9월 버너드 크릭이 자신의 서문과 함께 『타임스』 문학 특집호에 이 글을 처음 발표하면서 세상에 널리 알려지게 되었다. 이 서문은 1976년 이탈리아어 번역본에 처음 실렸을 뿐, 영어 원본이건 번역본이건 다른 텍스트에는 거의 실리지 않았다.

『동물농장』(영국판, 1945)

미국에서 『동물농장』은 영국보다 한 해 늦게, 그러니까 1946년에 처음 출간되었다. 그런데 이렇게 일 년 늦게 출간된 것은 영국에서처럼 출판사들이 이 작품의 출간을 꺼렸기 때문이다. 미국에서만 열여덟에서 스무 개 출판사가 이 원고를 거절하였다. 헨리 키신저가 편집을 맡은 한 잡지에 1952년에 기고

『동물농장』(미국판, 1946)

한 글에서 피터 비렉은 이 무렵 미국에서 이 책의 출간을 막으려는 '공산주의자들의 음모'가 있었다고 털어놓은 적이 있다. 그러던 중 마침내 뉴욕의 하쿳 브레이스 회사가 이 책을 출간하였다. 이 출판사의 편집자 프랭크 모틀 리가 이 책이 영국에서 성공한 것을 보고 즉시 판권을 사들였다. 아니나 다를까, 미국에서 초판 5만 부를 찍은 이 책은 출간된 지 4년 만에 무려 60만 권이 팔려나갔다. 이 작품이 대서양 양쪽에서 얼마나 인기를 끌었는지 쉽게 알 수 있는 숫자이다.

제2장

조지 오웰은 왜 『동물농장』을 썼는가

조지 오웰이 거의 평생토록 정치 문제에 깊은 관심을 기울인 것은 그가 자라온 환경이나 그의 성격, 그리고 그가 몸소 겪은 경험에 비추어 볼 때 어찌 보면 지극히 당연하다. 아버지가 인도 세관의 아편과에서 근무한 하급 관리였기에 그는 1903년 인도 동북부 벵골에서 태어났다. 그가 두 살 때 어머니가 아이들을 데리고 영국으로 돌아오는 바람에 그는 아버지의 얼굴을 거의 보지 못하고 자랐다. 오웰이 여덟 살이 되었을 때 아버지가 은퇴하여 식민지 인도에서 고국으로 돌아오지만, 그가 기억하는 아버지의 모습은 "언제나 '하지 마라'라는 말을 입에 달고 사는 목이 쉰 초로의 사내"였다. 사회 계층으로 보자면 그의 집안은 비록 하류 계층이라고는 할 수 없어도 중류 계층에는 조금 못 미쳤다고 하여야 할 것이다. 영국 북부 공업지대 실업자의

오웰의 아버지 리처드 블레어가 1917년 소위로 임관하여 프랑스 마르세유로 떠나기 전에 찍은 가족사진.(1916) 왼쪽부터 에릭 아서 블레어(조지 오웰은 필명), 어머니 아이다, 누나 마조리, 아버지 리처드 블레어. 그에게는 에이브릴이라는 여동생이 있었으나 어린 나이에 심장마비로 사망했다.

삶을 기록한 책 『위건 부두로 가는 길』(1937)에서 오웰은 자신의 가족이 "상류 중산층의 하급 계층"에 속한다고 말한 적이 있다.

오웰의 사회의식은 감수성이 예민한 사춘기 중고등학교에 다닐 무렵 더욱 확고해진다. 영국에서 가장 유명한 사립 중등학교 이튼에 다닌 오웰은 부잣집 아이들과 함께 공부하면서 그러지 않아도 느껴온 열등감을 더욱 예민하게 느꼈다. 15세기 중엽 헨리 6세가 세운 이튼은 총리만 무려 20여 명을 배출했고 수많은 정치가와 문인, 문화계 인사를 길러낸 사학 명문 중의 명문으로 꼽힌다. 이튼 학교에 대하여 오웰은 "나는 별로 열심히 공

윗줄 오른쪽 맨끝에 있는 학생이 오웰이다.(1921) 당시 이튼에서는 하루에 한 번, 공휴일에 두 번 축구 경기를 하지 않은 학생은 벌금을 물고 매를 맞는다는 규칙이 있었다. 여덟 살 때부터 이튼에 다닌 오웰은 침대에 오줌을 지려 교장에게 매를 맞고 모욕을 당하기도 했다.

부하지도 않았으며 별로 배운 것도 없었다"고 밝힌 적이 있다. 그의 말을 입증이라도 하듯이 이튼을 졸업할 무렵 그는 167명 중 138등을 할 만큼 성적이 신통치 않았다. 이튼 졸업생들은 옥스퍼드 대학이나 케임브리지 대학에 가장 많이 진학하기로 유명하였다. 그러나 오웰은 경제적 여력도 없었을뿐더러 그의 성적으로 이런 명문 대학에 진학한다는 것은 엄두조차 낼 수 없는 일이었다.

오웰이 이튼 학교에 다니는 동안 일어난 흥미로운 일화 한 토막이 전한다. 그가 자신과 친구를 괴롭히는 동료 학생을 흑마

1923년 버마(미얀마) 중부 도시 만달레이에 있는 버마 지방 경찰 훈련학교에서 훈련받던 시절, 뒷줄 왼쪽에서 세 번째가 오웰이다. 그는 영국 사립 명문학교 이튼을 졸업했지만 성적이 좋지 않았고, 경제적인 이유로 교사의 권유에 따라 제국 경찰의 길을 택했다. 그의 아버지 리처드 블레어 역시 영국 식민지 관료로 근무했다.

술을 행하여 '죽게 한' 사건이 그것이다. 중세기 전문가로 유명한 스티븐슨 런시맨은 사망하기 직전 공개한 편지에서 이튼 학교에 다닐 무렵 자신과 오웰이 '필립 요크'라는 친구에게 흑마술을 걸어 죽게 했다고 고백하였다. 장학금으로 이튼에 입학한 오웰은 걸핏하면 동료 학생들로부터 괴롭힘을 당하였기에 달리 분풀이할 방법도 없는 오웰은 스티븐슨의 제안을 쉽게 받아들였다. 두 사람은 필립을 상징하는 밀랍 인형을 만들고 오른쪽 다리를 부러뜨렸다. 그런데 며칠 뒤 필립은 풋볼을 하다가 다리가 부러졌고, 놀랍게도 몇 달 뒤 백혈병으로 사망하였다. 이 사건은 비교적 최근 오웰의 전기를 출간한 고든 보우커에 의하여 새롭게 밝혀졌다.

오웰은 1950년에 사망할 때까지 평생 마술과 신비주의에 깊은 흥미를 느꼈다. 이러한 태도는 정치적 메시지가 비교적 덜 중요한 그의 작품에서는 쉽게 엿볼 수 있다. 예를 들어 『숨 쉬러 올라가기』(1939)라는 장편소설에서 주인공은 젊은 시절 그토록 아름답던 마을이 산업화로 지저분한 도시로 탈바꿈한 모습을 바라보면서 자못 분개한다. 화가 난 그는 "난 유령이 될 거야 (……) 어쩌면 사생아 같은 이놈들에게 뭔가 흑마술을 행할 수 있을지도 몰라"라고 내뱉는다.

오웰은 이튼 학교의 한 교사의 충고에 따라 자신의 아버지처럼 식민지 관료의 길을 선택하게 된다. 이 무렵 이튼에서는 학생들을 식민 통치의 관료, 군인, 제국주의자로 성장하게 하는 것이 중요한 임무 중의 하나였다. 당시에 인도 총독부 채용 시험은 쉽지 않았지만, 다행히 오웰은 합격하여 1922년 인도 제국 경찰 간부 후보가 되었다. 그렇게 인도 제국 경찰국에 소속되어 경찰관으로 버마(오늘날의 미얀마)에 근무하였다. 이때 버마는 오늘날처럼 독립 국가가 아니라 인도 제국에 속한 하나의 주에 지나지 않았다. 이 무렵 버마에서는 90명 정도의 영국인 경찰이 약 1만 3,000명 현지인 경찰을 관리하고 있었고 이 현지인 경찰들은 1,300만 명이나 되는 인구를 통제하였다.

오웰은 경찰 신분으로 식민지 관료 생활을 하면서 5년 동안 그럭저럭 영국 신사로 행세할 수 있었다. 영국식 사교 생활을 즐기는 다른 영국인 간부들과 달리 그는 어쩌다 사창가를 찾는 것 말고는 고독하게 지냈다. 그는 식민지 경찰로 원주민들을 가혹하게 다루지는 않았어도 불교 승려들과 창녀들을 경멸하였다. 누구보다도 사회의식이 강한 오웰이 식민지에서 제국주의 경찰 노릇을 한다는 것 자체가 마치 시골 농부가 도시 신사의 옷을 빌려 입은 것처럼 걸맞지 않았던 것이다.

대영 제국의 앞잡이 노릇을 하면서 보낸 이 5년 동안 오웰은 힘 있는 국가가 힘없는 국가를 통치하고 인간이 다른 동료 인간을 지배하고 착취한다는 사실에 깊은 회의를 품고 죄의식을 느끼게 되었다. 그런데 오웰처럼 자신이 식민 통치의 앞잡이였다는 사실에 이렇게 양심의 가책과 죄책감을 느끼는 제국주의 관리가 과연 얼마나 되겠는가. 오웰이 얼마나 양심적인 지식인이었는지 쉽게 가늠할 수 있는 대목이다. 일본 제국주의의 식민 통치를 직접 경험한 우리에게 오웰 같은 일본 관리는 아무리 눈을 씻고 찾아보아도 찾아볼 수 없다. 대부분 사람은 피식민지 주민을 무자비하게 짓밟은 것에 수치심을 느끼기는커녕 오히려 조국을 위한 헌신적 행동이라고 합리화하면서 제국주의 신민으로 자부심을 느낄 것이다.

일제 강점기 일본 관리 노릇을 한 한국인들도 크게 다르지 않아서 해방 뒤에도 그대로 고위관직에 앉아 온갖 영화를 누렸다. 1948년 9월 대한민국 건국헌법에 따라 반민족행위처벌법이 제정되었고, 그해 10월부터 반민특위가 구성되어 친일 반민족 행위자들에 대한 예비 조사를 시작하였다. 그러나 의욕적인 활동을 벌였지만, 친일파와 결탁한 이승만(李承晩) 정권의 조직적인 방해, 친일 세력의 특위 위원 암살 음모, 친일 경찰의 특경대 습격 사건, 백범(白凡) 김구(金九)의 암살, 그리고 반민특위법의 개정 등 온갖 반대와 방해에 부딪혀 이듬해 해체될 수밖에 없었던 것이 한국 현대사의 슬픈 자화상이다.

1927년 오웰은 휴가를 얻어 영국으로 돌아온 뒤 곧바로 사표를 제출하고 집을 나와 런던의 빈민가라고 할 노팅힐에서 자취하면서 살아갔다. 그 뒤 몇 년 동안 런던과 파리를 떠돌아다니고 온갖 비천한 일에 종사하며 부랑아 같은 생활을 하였다. 이 무렵의 생활을 기록한 책이 『런던과 파리에서의 밑바닥 생활』(1933)이다. 그가 '에릭 아서 블레어'라는 본명을 버리고 '조지 오웰'이라는 필명을 사용하기 시작한 것도 이 무렵이다. 이렇게 이름을 바꿈으로써 그는 상징적으로 영국 제국주의에 협

조한 죄의식에서 벗어나는 한편, 과거와 완전히 결별하고 새로운 삶을 살려고 모색하였다. 그는 언젠가 부모가 지어준 이름에서 이렇게 벗어나는 데 무려 30여 년이 걸렸다고 회고한 적이 있다. 그의 개명은 영국 여성 소설가 조지 엘리엇의 개명과 비슷한 데가 있다. 여성이 여전히 가정의 울타리에 갇힌 채 제대로 대접받지 못하던 무렵 그녀는 흥미 위주의 로맨스 소설이나 쓰는 '여성 소설가'에 대한 편견에서 벗어나기 위하여 '메리 앤 에번스'라는 본명을 버리고 '조지 엘리엇'이라는 남성 이름으로 바꾸었던 것이다. 그러나 오웰은 이보다는 훨씬 더 분명한 이유로 '조지 오웰'이라는 이름을 지었다. '조지'는 영국의 수호 성인일 뿐만 아니라 오웰이 살던 무렵에는 다름 아닌 조지 5세가 영국을 통치하고 있었다. 한편 '오웰'은 영국 서포크에 있는 강의 이름이다. 오웰은 이 '오웰 강'을 영국에서 가장 아름다운 강으로 생각하고 있었다. 그래서 그는 자신의 필명을 '조지 오웰'이라고 지었던 것이다.

오웰은 이렇게 궁핍한 삶과 상징적 제스처로써 죄의식과 양심의 가책을 덜어 보려고 하였지만, 뜻대로 되지 않았던 듯하다. 값싼 여인숙이나 구빈원에서 부랑자들과 어울려 지내는 밑바닥 삶은 그의 자기학대일망정 식민지 관리로서 느낀 죄의식을 씻어 주지는 못하였다. 또한, 아무리 이름을 바꾸어도 그가 존경해 마지않는 윌리엄 셰익스피어의 말대로 장미는 어떤 다른 이름으로 불러도 역시 장미일 따름이다. 그래서 오웰이 다음으로 선택한 방법은 바로 소설을 쓰는 것이었다.

"나는 반드시 속죄하지 않을 수 없는 엄청나게 무거운 죄의식에 시달렸다. 내가 목격한 끔찍한 버마의 여러 광경이 뒷날에도 악몽처럼 나의 마음속에 따라다니며 괴롭혔기 때문에 그것들을 씻어 버리기 위하여 나는 소설을 쓰지 않을 수 없었다."

위 인용문에서 찬찬히 눈여겨볼 것은 오웰이 악몽을 씻기 위하여 '소설을 쓰지 않을 수 없었다'는 마지막 문장이다. 적어도 이렇게 끔찍한 악몽에서 벗어나기 위하여 작품을 쓰기 시작하였다는 점에서 오웰은 스페인 내전에 참가한 미국 작가 어니스트 헤밍웨이와 아주 비슷하다. 어떤 작가들은 이렇게 목구멍을 가로막고 있는 가래를 뱉어 내야 숨을 쉴 수 있듯이 글로써 표현할 때 비로소 죄의식에서 벗어날 수 있다. 그들에게 작품을 쓴다는 것은 곧 카타르시스를 경험하는 것과 크게 다르지 않다. 일찍이 아리스토텔레스가 『시학』에서 관객은 비극을 관람하면서 "연민과 공포를 느끼며 감정을 깨끗이 정화한다"고 말하는 까닭이 바로 여기에 있다.

이 무렵 오웰은 첫 아내 아일린 오쇼네시를 만나면서 삶에 새로운 전기를 맞는다. 폐렴으로 그는 미들섹스 주 억스브리지에서 하던 교사 생활을 그만두고 사우스월드에 체류하면서 지친 몸을 추슬렀다. 몸이 회복되자 1934년 런던의 햄스테드로 이주하여 중고 서점에서 조수로 일하였다. 그 이듬해 8월 그는 셋집 여주인이자 유니버시티 칼리지 런던(UCL)에서 심리학 석사과정에 있던 로잘린드 버마이어와 함께 파티를 연 적이 있다. 이때 초대받은 여학생 중 하나가 바로 아일린이었다. 그녀는 옥스퍼드 대학교에서 영문학 학사학위를 받고 유니버시티 칼리지 런던에서 석사학위를 준비하고 있었다. 오웰은 자기보다 두 살 어린 아일린과 1936년 6월에 결혼하였지만, 성격 차이로 두 사람의 결혼 생활은 그리 순탄하지 않았다. 1945년 아일린은 런던에서 자궁절제 수술을 받다가 수술대 위에서 사망하였다. 이때 오웰은 『옵서버』 특파원 자격으로 파리와 콜로뉴에서 취재를 하고 있었다.

오웰이 처녀 장편소설 『버마의 나날』(1934)을 쓴 것은 바로 영국 제국주의 관료로서 느낀 죄의식과 그것에 비롯하는 악몽에서 벗어나기 위해서였다. 이 소설은 제국주의 시대를 배경으로 작가의 분신이라고 할 주인공 존 플로리의 비극적 로맨스를 플롯으로 삼는다. 반제국주의적 정서가 짙게 풍기는 이 책에서 오웰은 거대한 체제에 갇혀 있는 한 인간의 고독한 삶을 묘사한다. 제임스 조이스의 『젊은 예술가의 초상』(1916)의 제목을 빌려 표현한다면, 오웰의 이 작품은 '젊은 식민지 경찰의 초상'이라고 할 수 있을 것이다. 영국 식민주의를 비판하는 내용이라서 그는 미국에서 초판을 출간한 뒤 이듬해 작중인물들의 이름을 바꾸어 영국에서 출간하였다.

오웰은 「나는 왜 글을 쓰는가」(1936)에서 생계를 유지하기 위한 목적을 제외하고 작가는 크게 네 가지 동기에서 작품을 쓴다고 말한다. 즉 1) 순전한 이기심, 2) 심미적 열정, 3) 역사적 충동, 4) 정치적 목적이 바로 그것이다. 첫 번째 동기에 대하여 그는 "똑똑해 보이고, 사람들의 입에 오르내리며, 죽은 뒤에도 기억되고, 어린 시절에 자신을 무시한 어른들에게 보복하고 싶은 욕망"이라고 설명한다. 두 번째 동기는 "외부 세계의 아름다움이나 말의 아름다움 그리고 말을 적절하게 배열해 놓은 데서 오는 아름다움을 깨닫는 것"이라고 풀이한다. 세 번째는 "사물을 있는 그대로 보고 진실한 사실을 발견하여 뒷날 후세가 사용할 수 있도록 보관하려는 욕망"이라고 말한다. 마지막으로 네 번째 동기에 대하여 그는 "이 세계를 어떤 방향으로 밀고 나가고, 반드시 성취해야 하는 유형의 사회에 대하여 다른 사람들의 생각을 바꾸려는 욕망"이라고 설명한다. 그런데 이 네 가지 충동은 무지개의 색깔을 구분 짓는 것처럼 서로 구분 짓기가 여간 어렵지 않을 것이다. 비록 정도의 차이는 있지만 모든 작가는 글을 쓸 때 이 네 가지를 모두 염두에 두고 있기 때문이다.

이 네 가지 동기 중에서 오웰이 『버마의 나날』을 집필한 것은 아마 첫 번째 동기, 즉 순전한 이기심에서 비롯한 것이라고 할 수 있다. 물론 그가 "똑똑해 보이고, 사람들의 입에 오르내리며, 죽은 뒤에도 기억되고, 어린 시절 자신을 무시한 어른들을 보복하고 싶은 욕망" 때문에 이 작품을 쓴 것은 아니다. 그러나 적어도 죄의식이나 악몽에서 벗어나려고 이 책을 쓴 것만은 부정할 수 없는 사실이다. 이 소설은 영국 제국주의의 피식민지 주민의 고통을 덜어 주기보다는 아무래도 그가 느끼는 양심의 가책을 조금 덜어 주는 데 이바지하였을 뿐이다. 그리고 이러한 태도는 오웰이 말하는 "순전한 이기심"이나 "허영과 자기중심주의"에서 크게 벗어나지 않는다.

한편 오웰이 『런던과 파리에서의 밑바닥 생활』과 『위건 부두로 가는 길』을 집필한 것은 아무래도 세 번째 이유에서 비롯한 듯하다. 앞 작품에서는 말하자면 삶의 향연에 초대받지 못한 낙오자들의 생활을 묘사하고 있고, 뒤 작품에서는 자본가들에게 착취당하는 탄광 노동자들의 열악한 삶을 다룬다. 오웰은 "사물을 있는 그대로 보고 진실한 사실을 발견하여 뒷날 후세가 사용할 수 있도록 보관하려는 욕망"에서 이 두 작품을 집필하였다. 두 작품에 굳이 '장르'라는 꼬리표를 붙인다면 아마 '르포르타주'보다 더 잘 어울리는 꼬리표는 없을 것이다.

그러나 오웰이 『동물농장』을 집필한 것은 어디까지나 네 번째 정치적 동기에서 비롯하였음이 틀림없다. 오웰은 이 세계를 자신이 옳다고 생각하는 방향으로 끌고 나가고 이러한 목적을 달성하기 위하여 다른 사람들의 생각을 바꾸려고 이 소설을 썼다. 앞에서 이미 밝혔듯이 오웰이 『버마의 나날』을 쓰는 데 제국주의 경찰로서 식민지 버마에서 겪은 경험이 큰 계기가 되었다면, 『동물농장』을 쓰는 데에는 스페인 내전이 촉매 역할을 하였다. 스페인 내전에 참가하여 스탈린과 소비에트 전체주의 체제를 몸소 겪은 오웰은 분명한 정치적 목적을 염두에 두고 이 작품을 썼다. 그가 "보편적인 기만의 시대에 진리를 말하는 것이야말로 혁명적 행위"라고 잘라 말하는 까닭이 바로 여기에 있다.

여기에서 '정치적'이라는 말을 잠깐 짚고 넘어가는 것이 좋을 것 같다. 「나는 왜 글을 쓰는가」에서 밝히듯이 오웰은 이 '정치적'이라는 말을 될 수 있는 한 가장 넓은 의미로 사용한다. 그러면서 그는 "어떤 책도 정치적 편견에서 완전히 벗어나지 않는다. 예술은 정치와 무관하여야 한다는 견해 자체가 하나의 정치적 태도이다"라고 잘라 말한다. 인간이 사회적 동물이요 정치적 동물이라는 사실을 염두에 둘 때 오웰의 지적은 참으로 옳다. 다만 작가가 작품에서 얼마나 드러내 놓고 정치성을 표현하느냐, 아니면 얼마나 교묘하게 숨기거나 에둘러 표현하느냐는 정도에서 차이가 있을 뿐이다. 두말할 나위 없이 정치성을 겉으로 드러내지 않고 은근히 표현할수록 그 작품은 예술성을 더욱 인정받게 마련이다. 이 점과 관련하여 미국의 여성 비평가 수전 손탁은 "예술은 강간이 아니라 유혹이다"라고 말한 적이 있다. 예술가들이 난폭하고 폭력적인 힘에 의존하지 않고 오히려 아름다운 모습으로 독자들을 유혹할 때 성공을 거둘 가능성이 그만큼 크다는 말이다.

얼핏 보면 정치와는 아무 상관 없는 듯한 어린이를 위한 동화책도 엄밀히 따지고 보면 정치와 무관할 수 없다. 무심코 읽어서 그렇지, 꼼꼼히 읽어 보면 대부분 동화에서는 인종, 계급, 성차에 따른 차별의 속살을 고스란히 드러낸다. 최근 타자(他者)에 대한 배려나 관심이 어느 때보다도 높은 다문화주의 시대에 이르러 전통적인 동화의 내용 중에서 '정치적으로 적합하지 않은' 내용을 고쳐 새로 출간하기도 한다. 예를 들어 제임스 가너는 '우리의 삶과 시대를 위한 현대 이야기'라는 부제를 붙인 『정치적으로 적합한 베드타임 이야기』(1994)를 출간하여 미국에서 선풍적인 인기를 끌었다. 그만큼 어린이를 위한 동화조차 정치적 의미에서 완전히 자유롭지 못하다고 할 수 있다.

어린 시절부터 계급의식을 느끼며 성장한 조지 오웰은 자연스럽게 상류 계급보다는 하류 계급으로 경도되지 않을 수 없었다. 처음부터 그는 어떤 권위나 엘리트 또는 정부를 신뢰하지 않았다. 그 대신 그는 평생 노동자 계급과 그들의 고상한 가치 그리고 좀 더 나은 세상을 만들려는 그들의 능력에 대한 믿음을 한 번도 저버린 적이 없었다. 오웰의 사회주의 선언문이라고 할 「사자와 일각수」(1940)에서 그는 민주주의, 자유, 덜 이기적이고 좀 더 평등한 사회를 건설해야 한다고 부르짖는다. 오웰은 영국 사회를 "잘못된 구성원이 이끌어 가는 가족"으로 보았다. 그에게 이러한 영국 사회를 바로잡는 길은 가족 구성원을 제대로 이끌어갈 참다운 가장(家長)을 새로 올바르게 세우는 일이다.

오웰의 정치적 입장은 그가 자처하였듯이 1930년대 중반까지는 '토리-아나키스트'였다. 이 말이 무엇을 뜻하는지는 분명하지 않지만, 영국의 타락한 제도를 풍자적으로 비판하면서 개인의 자유를 주창하는 집단을 가리키는 용어로 보아 크게 틀리지 않을 것 같다. 『위건 부두로 가는 길』에서 오웰은 "모든 정부는 악이고, 처벌은 항상 범죄보다 더 큰 해악을 끼치며, 국민은 그냥 내버려 둘 때에만 품위 있게 처신하리라는 믿음의 무정부 이론을 가다듬었다"고 밝힌다. 이 말로 미루어 보자면 오웰은 무정부주의자이되 보수주의적 성향을 조금 띠는 무정부주의자로 볼 수 있을 것이다.

한편 오웰은 예로부터 전해 내려온 영국의 전통적 가치를 존중한다는 점에서 전통주의자라는 낙인이 찍히기도 한다. 그런가 하면 그는 영국 독립노동당(ILP)이 지나치게 평화주의 노선을 따른다는 이유로 그 당을 떠난 뒤에는 자신의 정치적 입장을 '혁명 애국주의'라고 불렀다. 1940년 12월 노동당의 좌파 주간지 『트리뷴타임스』에 기고한 글에서 그는 "우리는 혁명가가 애국자가 되어야 하고 애국자가 혁명가가 되어야 하는 이상한 역사적 시기에 살고 있다"고 말한다. 혁명가와 애국자는 이제 상호 배타적이라기보다는 상호 보완적 관계를 맺고 있는 '이상한' 역사적 전환점에 놓여 있다는 것이다.

어찌 되었든 오웰의 정치적 성향은 토리-아나키스트의 입장을 버리고 점차 사회주의로 옮겨 가기 시작하였다. 그러나 오웰에게는 어떤 주의, 어떤 정치적 입장도 잘 맞지 않는 옷처럼 어울리지 않았다. 실제로 그가 사회주의에 경도된 것도 어떤 이념적인 이유 때문이 아니었다. 앞에서 언급한 우크라이나어 판 『동물농장』 서문에서 오웰은 "내가 사회주의로 기울었던 이유는 계획된 사회 체제의 이론을 선망해서가 아니라 가난한 산업 노동자들이 억눌리고 무시당하는 현실에 염증을 느꼈기 때문이다"라고 밝힌다. 그의 사회주의도 이단적이어서 공산주의자들의 마르크스주의에는 맞지 않았고, 영국 노동당의 개량주의에도 맞지 않았다. 어떤 의미에서 '혁명적 사회주의자'라는 말이 오웰의 정치적 입장을 가장 잘 표현하는 용어가 될 것이다.

어떤 특정한 정당이나 파벌로 분류하기에 오웰은 너무나 독립적이고 자유로운 영혼의 소유자였다. 1945년 오웰은 아서 쾨슬러, 버트런드 러셀, 빅터 골런츠 등과 함께 '인류의 위엄과 권리를 위한 연합'이라는 국제기구를 설립하려고 한 적이 있다. 오늘날의 '국제사면위원회'와 비슷한 기구라고 할 이 연합은 비록 실패하고 말았지만, 오웰은 그 강령을 마련하였다.

1. 새로 태어나는 시민에게 균등한 기회를 보장할 것.
2. 그를 개인이나 집단이 경제적으로 착취하지 못하도록 보호할 것.
3. 그의 창조적 능력과 성취를 제한하거나 잘못 사용하지 못하도록 보호할 것.
4. 최대한의 효율성과 최소한의 간섭으로 이러한 임무를 수행할 것.

이 강령의 내용은 모든 정치 형태 중에서 사회주의에 가장 가깝다. 오웰의 정치적 성향을 한마디로 규정짓는다면 뭐니 뭐니 하여도 역시 사회주의라고 말할 수 있다. 넓게는 좌파, 좁게는 사회주의, 더 좁게는 민주사회주의로 보아 크게 틀리지 않다. 그의 민주사회주의는 혁명을 부정하고 의회제도 민주주의 안에서 사회주의 이상을 실현하려고 한다는 점에서 일반적 의미의 민주사회주의에서 크게 벗어나지 않는다. 민주사회주의는 자본주의를 점진적으로 개량하려고 하고 계급투쟁을 부정하는 것이 특징이다. 19세기 에두아르트 베른슈타인 등이 사용하기 시작한 용어로 1951년 사회주의 인터내셔널에서 처음 채택되었다.

엄밀히 말해서 민주사회주의는 사회민주주의와는 조금 다르다. 사회민주주의는 제1차 세계대전 전까지는 원래 공산주의와 동의어로 사용되었고, 볼셰비키가 공산당으로 이름을 바꾼 뒤에야 수정주의를 채택한 독일 사회민주당 등을 중심으로 점차 수정 사회주의를 의미하게 되었다. 그러나 이때까지도 사회민주주의는 마르크스주의로부터 완전히 벗어나지 못하였다. 제2차 세계대전 이후 1951년 사회주의 인터내셔널이 민주사회주의를 정식으로 채택함으로써 적어도 국제적으로는 사회민주주의는 민주사회주의와 기본적으로 동의어가 되다시피 하였다. 그러나 그 뒤 민주사회주의는 사회민주주의의 개량적 우파를 가리키는 용어로 사용하기도 한다.

오웰은 앞에서 지적하였듯이 스페인 내전에 참가한 뒤부터 자신의 사회주의 신념을 더욱 굳게 확신할 수 있었다. 1937년 6월 그는 스페인 바르셀로나에서 이튼 학교의 동창생 시릴 코널리에게 보낸 편지에서 "나는 놀라운 일들을 목격하였으며, 마침내 전에 없이 사회주의를 진정으로 신봉하게 되었다"고 밝힌다. 그래서 카탈로니아에서 영국으로 돌아오자마자 오웰은 영국의 독립노동당에 가입하였다. 이 무렵 오웰은 소비에트연방이 엄밀한 의미에서 사회주의가 아니라고 생각하였다. 다른 사회주의자들과 달리 그는 스탈린의 독재를 직시하고 나서 사회주의를 포기하는 대신 소비에트연방을 포기한 채 사회주의자로 계속 남아 있었다.

오웰의 사회주의 사상이 가장 잘 드러난 책은 『위건 부두로 가는 길』이다. 이 책의 내용을 보면 부두로 가는 길은 두 갈래로 나뉜다. 한 길은 과도한 공업화로 황폐해질 대로 황폐해진 랭커셔와 요크셔의 비참한 생활을 다루는 전반부로 향한다. 다른 길은 오웰이 사회주의에 대하여 언급하는 후반부로 향한다. 자신이 어떻게 사회주의자가 되었는지, 사회주의를 위해서는 왜 사회주의를 비판하여야 하는지, 또 마르크스주의자들이 어떻게 맹목적으로 소비에트 체제를 숭배하는지 등에 초점을 맞춘다. 오웰은 "진정한 사회주의자는 전제 정치가 무너지는 것을 보고 싶어 하는 사람이다. –단순히 그것이 바람직하다고 생각하는 것이 아니라 열렬히 소망하는 사람이다"라고 못 박아 말한다.

그런데 작가로서 오웰의 위대성은 정치성에 함몰되지 않고 예술성을 잘 지켜 냈다는 데 있다. 스탕달은 『파르므의 수도원』(1839)에서 "문학에서 정치란 조용한 연주회 중간에 권총을 발사하는 것과 같다"고 말한 적이 있다. 그만큼 문화와 정치는 서로 걸맞지 않는다는 말이다. 그러나 오웰은 서로 대립적인 이 둘 사이에 조화와 균형을 꾀하려고 무척 애썼다. 문학 작품에서 정치적 입장을 천명하되 그는 어디까지나 문학의 테두리 안에서 천명하려고 하였다. 따지고 보면 그만큼 일관성 있게 정치적 목적을 위하여 글을 쓴 사람도 찾아보기 어렵다. 그런데도 오웰은 언제나 정치적 글을 예술 작품으로 끌어올리려고 끊임없이 노력하였다.

"지난 십 년 동안 내내 내가 가장 하고 싶었던 일은 정치적 글을 예술로 만드는 것이었다. 나의 출발점은 언제나 당파의식, 불의에 대한 의식이다. 책을 쓰려고 자리에 앉을 때 나는 나 자신에게 "지금부터 나는 예술 작품을 만들어 내려고 한다"고 말하지 않는다. 내가 책을 쓰는 이유는 내가 폭로하고 싶은 어떤 거짓말이 있기 때문이고, 주의를 끌고 싶은 어떤 사실이 있기 때문이다. 그래서 나의 일차적 관심은 사람들을 내 말에 귀 기울이게 하려는 것이다. 그러나 또한 심미적 경험이 아니라면 나는 책을 쓰는 일을 할 수 없고 심지어 잡지에 실릴 글조차 쓸 수 없었다."

위 인용문에서 무엇보다도 눈여겨보아야 할 대목은 마지막 문장이다. 오웰은 글을 쓸 때 '심미적 경험'을 염두에 두지 않고는 책은 말할 것도 없고 심지어 잡지에 실릴 글조차 쓸 수 없다고 밝힌다. 그는 "누구든 내 작품들을 검토해 보고 싶은 사람이 있다면, 그는 내가 쓴 글 중에는 전적으로 선전적인 책도 전업 정치인에게는 얼토당토않게 보이는 것이 많이 있다는 사실을 알게 될 것이다"라고 말한다. 이 말을 달리 바꾸면 오웰의 책이 아무리 정치적 선전을 목적으로 쓴 것이라고 할지라도 직업 정치인에게라면 '얼토당토않게' 보일 예술적 요소가 많이 들어 있다는 것이 된다. 앞서 언급한 스탕달의 비유를 빌려 말하자면, '정치'라는 음악회에 갑자기 청중을 사로잡는 '권총 소리'라는 예술이 들어 있는 셈이다. 또 오웰은 "나는 앞에 언급한 [글을 쓰는] 세 가지 동기가 네 번째 동기를 능가하는 사람이었다"고 고백하기도 한다. 즉, 그의 작품에서는 어떤 정치적 동기보다는 허영 같은 이기심이나 심미적 열정 또는 역사적 충동이 더 중요하게 작용한다는 말이다.

제3장

정치 풍자적 우화로서의 『동물농장』

조지 오웰의 『동물농장』은 분량으로 보면 겨우 100쪽 남짓한 조그마한 책이지만, 장르적 특징을 한마디로 규정짓기는 그리 쉽지 않다. 작가는 1945년 이 책을 처음 출간하면서 '동물농장'이라는 제목에 '동화'라는 부제를 사용하였다. 부제에서도 엿볼 수 있듯이 이 작품은 장르에서 볼 때 동물우화에 속한다. 실제로 이 작품에서 오웰은 동물을 의인화하여 동물의 행태에 빗대어 인간의 삶을 에둘러 풍자한다. 그런데 이 작품은 정치적 의미가 담겨 있는 비중 있는 책인데도 '동화'라는 부제 때문에 자칫 어린이들을 위한 책으로만 읽힐 가능성이 크다. 실제로 지금까지도 여러 나라에서는 이 책이 어린이들을 위한 동화책으로 읽힌다. 그러나 『동물농장』은 어른들을 위한 동화라고 할 수 있다. 영국에서 초판이 출간된 지 일 년 뒤인 1946년 8월 뉴욕의 하콧 브레이스 출판사에서 이 책을 간행할 때 '동화'라는 부제를 빼고 그냥 '동물농장'이라는 본제만 사용하였다. 번역본 중에서 이 "우화"라는 부제를 사용한 것은 오직 텔루구어 번역본뿐이다. 지금까지 대부분 출판사는 이 책을 출간하면서 미국식으로 부제를 생략하고 본제만을 사용한다. 실제로 이 부제는 이 소설의 장르 형식을 언급하는 것 말고는 별다른 의미가 없다.

이왕 이 작품의 제목과 부제 이야기가 나왔으니 말이지만, 미국 출판사가 부제를 생략하고 출간한 것과는 대조적으로 다른 출판사들은 오웰이 사용하지 않는 부제를 엉뚱하게 덧붙여 출간하기도 하였다. 가령 어떤 출판사는 "풍자"라는 부제를 사용하였는가 하면, 다른 출판사는 "현대적 풍자"라는 부제를 사용하였다. 오웰은 프랑스어 번역본이 출간될 때 "사회주의 동물공화국 연방(Union des républiques socialistes animales)"이라는 조금 이색적인 제목을 제안하기도 하였다. 그런데 이 제목에는 프랑스인들이 소비에트연방을 부르는 "사회주의 소비에트 공화국 연방(Union des républiques socialistes soviétiques)"이 떠오른다. 줄여서 "URSA"라고 하는 이 말은 흥미롭게도 라틴어로 러시아의 상징인 "곰"을 뜻하기도 한다.

그런데 동물우화의 역사를 거슬러 올라가다 보면 까마득히 멀리 고대 그리스 시대 아이소포스가 지은 우화집 『아이소피카』를 만나게 된다. 흔히 "이솝 우화"로 일컫는 이 책은 의인화한 동물들을 등장시켜 인간의 여러 행태를 날카롭게 꾸짖는다. 그러나 오웰의 『동물농장』은 동물들의 이야기를 플롯에 따라 일관성 있게 끌고 나간다는 점에서 개별적이고 단편적인 우화를 모아 놓은 아이소포스의 우화집과는 성격이 다르다. 또 오웰의 이 작품은 동물들이 잔인하게 다른 동물들을 처형하는 장면에서 볼 수 있듯이 공산주의자들의 동물적인 잔인성을 드러내는 데 더없이 안성맞춤이다.

교훈적인 동물우화는 르네상스를 거쳐 17세기에 이르러 다시 한 번 활짝 꽃을 피운다. 예를 들어 『아이소피카』와 내용을 비교해 볼 때 장 드 라퐁텐은 『판차탄트라』 같은 고대 인도 문학, 아이소포스, 호라티우스 등에게서 영감을 받아 출간한 『우화 선집』에서 인간 세태를 풍자하는 정도가 훨씬 강하다. 좀 더 최근에 내려와서는 H. G. 웰스가 『모로 박사의 섬』(1896)을, 체코슬로바키아의 극작가 카렐 차펙이 『곤충 연극』(1921)을, 오스트리아 작가 펠릭스 잘텐은 『밤비』(1923)를 출간하여 동물우화 전통을 이어 나갔다. 이 밖에도 미국 작가 제임스 서버는 『우리 시대의 우화』(1940) 등을 출간하였다.

그러나 이들 작가의 작품과는 달리 오웰은 동물들의 "인간적" 특성 못지않게 "동물적인" 특성에도 초점을 맞춘다. 그가

『동물농장』에서 동물우화 형식을 빌린 데에는 그럴 만한 까닭이 있다. 첫째, 심미적 거리를 충분히 확보할 수 있다는 이점이 있다. 둘째, 인간이 인간의 비행을 직접 비판하는 것보다는 동물의 비행에 빗대어 말하는 쪽이 아무래도 적절하고 안전할 것이다. 셋째, 동물우화 형식을 사용함으로써 작가는 객관성을 유지할 수 있을 뿐만 아니라 명료성을 얻을 수도 있다는 이점이 있다.

장르에서 볼 때 『동물농장』은 동물우화에 속할 뿐 아니라 정치적 알레고리 범주에 들어가기도 한다. 흔히 "풍유(諷諭)"로 일컫는 알레고리는 겉으로 드러난 축어적(逐語的) 의미가 아닌 비유적 의미를 전달하는 데 초점을 맞추는 문학 형식을 말한다. 이렇게 숨겨진 의미는 흔히 상징적 인물이나 행동을 통하여 나타난다. 추상적 관념이나 원칙 또는 의미를 표현하기 위한 장치로 넓은 뜻에서는 은유를 확장해 놓은 것으로 볼 수도 있다. 알레고리와 동물우화 사이에 차이가 있다면 후자가 도덕적 교훈을 전달하는 데 목적을 두는 반면, 전자는 종교적·정치적 메시지를 전달하는 데 무게를 싣는다. 우화는 하나의 명확한 교훈을 전달하는 짧은 알레고리로 볼 수 있다. 한편 알레고리에서는 축어적 의미와 비유적 의미 사이에서 일대일의 상응 관계를 쉽게 찾아볼 수 있다. 동아시아에서는 흔히 "천로역정(天路歷程)"이라는 제목으로 번역된 존 번연의 『순례자의 길』(1678)이 가장 대표적인 알레고리로 꼽힌다.

그러나 번연의 『순례자의 길』이 종교적 알레고리라면 오웰의 『동물농장』은 정치적 알레고리라고 할 수 있다. 전자가 "크리스천"이라는 주인공이 온갖 역경을 겪으면서 천상에 이르러 구원받는 과정을 그린다면, 후자는 1917년 볼셰비키 혁명과 그 혁명이 성공을 거둔 뒤 혁명 지도자들이 어떻게 소비에트연방을 창설하고 혁명의 이상을 변질시키는지 그 과정을 다룬다. 그러고 보니 적어도 계급 없는 이상주의 사회건, 아니면 지복천년의 평화를 누리는 천국이건 어떤 목적을 정해 놓고 그 목적을 향하여 일직선적으로 매진한다는 점에서 서로 일치한다. 카를 마르크스는 『헤겔의 "법철학" 비판 서문』(1844)에서 종교를 "인민의 아편"이라고 매도하였지만, 지금까지 몇몇 이론가가 지적했듯이 이 둘 사이에는 공통점이나 유사점이 적지 않다.

그러나 오웰의 『동물농장』과 가장 가까운 정치적 알레고리라면 두말할 나위 없이 폴란드 작가 부아디수아프 레이몬트의 『반란』(1924)이라는 작품을 빼놓을 수 없다. 1924년도 노벨 문학상을 받은 레이몬트는 그의 마지막 작품인 이 소설에서 1917년의 볼셰비키 혁명을 은유적으로 묘사하면서 동물들이 평등을 외치며 반란을 일으키고 농장을 점령하는 내용을 다룬다. 그런데 농장을 점령한 동물들은 곧 권력을 남용하고 독재자로 전락한다. 이렇게 볼셰비키 혁명을 비판하는 이 작품이 제2차 세계대전 이후 소비에트연방의 위성 국가가 된 폴란드에서 무사할 리 없었다. 그리하여 1945년부터 1989년까지 무려 반세기 가깝게 이 책은 금서로 지정되어 있었다. 오웰이 『동물농장』을 구상하거나 집필하기에 앞서 레이몬트의 작품을 읽었는지 지금으로서는 확인할 길이 없다. 그러나 오웰의 소설이 20여 년 앞서 출간된 이 폴란드의 작품과 여러모로 비슷한 것만은 틀림없다.

더구나 『동물농장』은 풍자소설의 전통에 서 있다. 오웰이 어렸을 적부터 영국 풍자문학의 대부라고 할 아일랜드 태생의 작가 조너선 스위프트와 그의 『걸리버 여행기』(1726, 1735)를 무척 좋아하였다는 것은 이미 잘 알려진 사실이다. 물론 오웰의 작품에서는 『걸리버 여행기』에서 흔히 볼 수 있는 과장되고 허풍스러운 특징은 찾아보기 어렵다. 그러나 특정한 사회를 날카롭게 꼬집으려는 의도로 작품을 썼다는 사실만은 의심할 여지가 없다.

풍자소설에는 유머나 해학이 바늘과 실처럼 으레 따라다닌다. 풍자소설치고 해학적이지 않은 작품이 거의 없고, 마찬가지로 해학적인 작품치고 풍자적이지 않은 작품을 찾아보기 어렵다. 한 비평가가 『동물농장』을 "영국 해학문학의 뚜렷한 전통을 이어받은 천재적인 작품"이라고 평가하는 이유도 바로 여기에 있다. 그러나 오웰의 작품을 읽고 나면 사탕수수로 만든 설탕 맛이 아니라 인공감미료 사카린 맛처럼 어딘지 모르게 뒤끝이 씁쓸하다. 오웰의 『동물농장』에는 이 작품보다 4년 뒤에 출간한 『1984』(1949)와 마찬가지로 유토피아보다는 디스토피아, 즉 반(反)유토피아적 색채가 짙게 드러나기 때문이다.

여기에서 풍자와 해학문학의 서구 전통을 잠깐 살펴볼 필요가 있다. 서양 문학사에서 풍자는 고대 그리스 시대 아리스토파네스의 희극에 뿌리를 두고 있지만, 싹이 터 줄기를 뻗은 것은 고대 로마 시대에 이르러서이다. 어떤 의미에서는 풍자야말로 고대 로마 시대가 창안해낸 유일한 문학 형식이라고 하여도 크게 틀리지 않다. 그런데 풍자 전통은 크게 호라티우스 전통과 유베날리스 전통의 두 갈래로 나뉜다. 전자는 온화한 풍자로 독자들에게서 공감을 이끌어 낸다면, 후자는 신랄하여 독자로 하여금 인간 사회에 대한 모멸을 느끼게 한다. 오웰은 이 두 전통 중에서 유베날리스 전통을 이어받았다고 볼 수 있다. 오웰에게 누구보다도 큰 영향을 준 스위프트도 따지고 보면 호라티우스보다는 유베날리스한테서 풍자 전통을 물려받았다. 그 뒤 풍자문학은 프랑스에서는 프랑수아 라블레·니콜라 부알로·볼테르, 영국에서는 스위프트를 비롯하여 새뮤얼 버틀러·버나드 쇼·이

블린 워·올더스 헉슬리·오웰, 독일에서는 장 파울·하인리히 하이네, 러시아에서는 니콜라이 고골 · 미하일 살트이코프-시체드린 등이 바통을 이어받아 발전시켰다.

조지 오웰이 『동물농장』을 처음 출간한 것은 1945년 8월 17일로 일본 히로시마(廣島)와 나가사키(長崎)에 원자폭탄을 투하한 시기와 거의 일치한다. 그런데 이 작품의 초판본 속표지에는 출간일 정보가 "1945년 8월 17일"이 아니라 "초판 1945년 4월"로 되어 있다. 제2차 세계대전 중이라서 종이가 귀한 탓에 4월에 출간할 것을 넉 달 뒤로 미루어 8월에서야 출간할 수밖에 없었기 때문이다. 빅토리아 시대 영국 작가 에드워드 불워리튼은 "펜이 칼보다 강하다"고 말하였다. 그러나 어떤 의미에서 오웰의 『동물농장』은 "펜이 원자폭탄보다 강하다"는 사실을 실감나게 보여 주었다. 오웰의 이 소설을 원자폭탄에 빗대는 것이 자칫 엉뚱하게 보일지 모르지만, 이 둘 사이에는 서로 비슷한 점이 적지 않다. 가령 이 작품과 "맨해튼 프로젝트"의 준비 기간이 서로 비슷하다는 점에서도 그러하고, 마침내 빛을 보았을 때 그 힘이 엄청나게 컸다는 점에서도 그러하다. 이 소설은 제2차 세계대전을 종식한 원자폭탄 투하 못지않게, 소비에트연방은 물론이고 그 위성 국가들에 그야말로 엄청난 충격을 안겨 주었다.

오웰은 『동물농장』에서 볼셰비키 혁명과 그 뒤 소비에트연방을 설립하는 데 견인차 역할을 한 이오시프 스탈린과 전체주의를 그야말로 신랄하게 풍자한다. 앞에서 이미 이 소설의 장르적 성격을 동물우화이며 정치적 알레고리요 풍자소설로 규정지었다. 동물우화답게 오웰은 온갖 짐승의 행동에 빗대어 인간의 행태를 꼬집는다. 또한, 정치적 알레르기와 풍자소설의 관점에서 스탈린의 일인 독재 체제를 날카롭게 비판한다. 동물에 대한 애정이 없다면 오웰은 아마도 이렇게 설득력 있는 동물우화를 쓰지 못하였을 것이다. 또 달리 생각해 보면 훨씬 더 날카롭고 통렬하였을 작품이 동물에 대한 그의 깊은 애정 덕분에 좀 더 부드러워졌다고 할 수 있다. 바꾸어 말해서 인간의 이야기를 동물 이야기의 차원으로 끌어내림으로써 작품의 어조는 훨씬 차분하게 가라앉았다.

그러나 오웰이 동물우화를 빌려 인간의 어리석음과 악행을 조롱한 것은 무엇보다도 동물이 아니고는 달리 표현할 수 없었기 때문이다. 어떤 의미에서 그에게 이러한 동물우화 형식은 선택하여도 좋고 선택하지 않아도 좋은 것이 아니라, 선택할 수밖에 없는 필연적인 것이었다.

"나는 동물의 관점에서 마르크스 이론을 분석하였다. 동물들한테는 인간 사이의 계급투쟁 개념이 한낱 순전한 환상에 지나지 않는다는 것

1945년 조니 배출러 감독의 만화영화(왼쪽)와 1999년 짐 핸슨의 실사 영화 외에도 『동물농장』은 만화와 동화, TV 드라마 등 다양한 형태로 제작되었다. 프랑스의 인문학자 롤랑 바르트가 명작은 다층위의 독서가 가능하다고 했듯이 『동물농장』은 읽는 이에 따라 다양한 의미로 해석된다.

이 분명하였다. 동물을 착취할 필요가 있을 때면 모든 인간은 힘을 합쳐 동물과 맞서 싸우기 때문이다. 진정한 투쟁은 동물과 인간 사이의 투쟁이라는 사실이 분명해졌다."

카를 마르크스와 프리드리히 엥겔스는 일찍이 『공산당 선언』(1848)에서 "공산주의라는 유령이 지금 유럽을 떠돌고 있다"고 천명하였다. 그런 뒤 제1장 첫머리에서 "인간의 모든 역사는 곧 계급투쟁의 역사이다"라고 잘라 말한다. 이 계급투쟁은 마르크스주의에서 가장 핵심적 개념이라고 할 수 있다. 그런데 오웰은 유산자(부르주아지)와 무산자(프롤레타리아)의 계급투쟁을 인간과 인간보다는 인간과 동물 사이의 투쟁으로 설정하는 것이 훨씬 더 설득력이 있다고 보았다. 분류학적으로 보더라도 인간과 인간은 같은 유(類)에 속하지만, 인간과 동물은 서로 다른 유에 속하기 때문이다. 공통의 이해관계가 생기면 인간은 언제든지 서로 힘을 합쳐 동물과 싸울 수 있다. 그러나 동물과 인간은 서로 유를 달리하기에 본질적으로 서로 화해할 수 없다. 위 인용문에서 오웰이 "진정한 투쟁은 동물과 인간 사이의 투쟁이라는 사실이 분명해졌다"고 말하는 까닭이 바로 여기에 있다.

이 점에서 『동물농장』의 마지막 장면을 잘못 이해하여 받아들여서는 안 된다. 근처 농장의 농부 여섯 명과 동물농장의 돼지 여섯 명이 파티를 벌이는 마지막 장면에서 오웰이 돼지와 인간이 완전히 화해하는 것으로 작품을 끝맺는 것으로 자칫 잘못 생각하기 쉽다. 그러나 오웰은 자신이 충분히 강조하지 않아서 그러한 오해가 빚어졌을 뿐, 집필할 때 그럴 의도는 없었다고 밝힌다. 실제로 그는 인간과 동물 사이에 "커다란 불협화음을 내면서 끝나도록 하였다"고 말한다. 테헤란 회담이 끝난 직후에 이 작품을 쓴 오웰은 영국과 미국과 소비에트연방 사이의 우

제2차 세계대전 중인 1943년 11월 28일에서 12월 1일까지 이란의 수도 테헤란에서 스탈린, 루스벨트, 처칠이 모여 미·영·소 3국의 전쟁 수행 의지를 표명하고 가장 중요한 의제로 독일에 대항한 작전을 협의하여 1944년 5월 아이젠하워 장군의 지휘로 북프랑스 상륙작전을 감행하였다.

호 관계가 지속하지 않으리라고 예상하였고, 국제 정세는 그 예상에서 크게 벗어나지 않았다고 밝힌 적이 있다.

정치적 알레고리답게 오웰은 상징적 인물이나 사건을 실재 인물이나 사건과 되도록 일대일로 상응하게 하려고 애썼다. 『동물농장』의 겉에 드러난 축어적 의미는 대략 다음과 같이 요약할 수 있다. 존스 씨가 경영하는 장원농장의 동물들은 평소 소홀한 대접에 불만을 품고 있다가 어느 날 늙은 수퇘지 메이저 영감의 꿈 이야기와 혁명 이론을 듣고 반란을 일으킨다. 그리고 존스와 그의 일꾼들을 농장에서 몰아내고 짐승 스스로 운영하는 "동물농장"을 건설한다. 동물 중에서 가장 지능이 발달한 돼지 나폴레온과 스노볼 그리고 스퀼러가 지도자가 되어 이 농장을 다스린다.

오직 동물들이 운영하는 이 "동물농장"에서는 "동물은 모두 평등하다"는 기본 원칙을 내걸고 인간이 아닌 자신들을 위하여 일한다는 자부심으로 열심히 일한다. 풍차를 건설하는 과정에서 나폴레온은 스노볼을 변절자로 몰아 농장에서 내쫓아 버리고 스퀼러를 앞세워 다른 동물들을 지배하고 착취한다. 어느 날 나폴레온은 그의 앞잡이 개들을 시켜 불만을 털어놓고 비협조적이던 동물들을 무참하게 처형한다. 이제 "지도자 동무"로 자처하는 나폴레온은 다른 동물들의 고통을 잊은 채 점점 권세를 누리며 호화로운 생활에 탐닉한다. 식량난을 해결하기 위하여 "프레더릭"이라는 인간과 교역하지만, 교묘한 속임수에 넘어가기도 한다. 충성스럽게 일하던 말 복서는 나이가 들자 도살업자에 팔려가 죽임을 당한다. 반란을 일으켜 농장주를 내쫓았던 동물들도 하나둘씩 사라지고, 이제는 젊은 동물들이 근면한 노동과 검소한 생활로 동물 공화국의 명맥을 이어 간다. 이 작품은 나폴레온을 비롯한 돼지들이 이웃 농장주들을 초대하여 파티를 벌이는 장면으로 끝난다. 인간처럼 옷을 입고 두 다리로 걷는 돼지들은 이제 인간과 좀처럼 구별할 수 없게 되었다. 숭고한 목적을 위하여 이룩한 동물농장 건설은 이제 타락하여 옛날의 장원농장과 똑같은 상태로 되돌아가고, 동물들은 옛날과 마찬가지로 다시 노예의 처지로 전락한다.

한편 『동물농장』에서 축어적 의미 뒤에 숨어 있는 비유적 의미는 누가 보아도 볼셰비키 혁명과 소비에트연방의 수립 과정, 그리고 그 이후의 모습이라는 것을 쉽게 알 수 있다. 알레고리로 표현한 비유적 의미를 간추려 보면 대략 다음과 같다. 1917년 10월 레닌이 이끄는 볼셰비키 당원이 혁명을 일으켜 니콜라이 2세를 몰아내고 정권을 잡는다. 레닌은 모든 생산수단을 국가가 탈취하고 토지와 은행을 국유화한다. 1924년 레닌이 갑자기 사망하자 그의 개인 참모였던 스탈린은 권력을 장악하고 트로츠키와 그의 추종자들을 당에서 추방해 버린다. 소비에트연방을 현대적 공업국으로 발전시킬 목적으로 제1차 5개년 경제계획을 수립하지만, 실패로 돌아간다. 이러한 과정에서 스탈린은 반대파들을 숙청하는 한편, 점점 개인 우상화 작업에 박차를 가하고 일인 독재 체제를 더욱 굳게 다진다. 결국, 민중의 삶은 혁명 전 제정 러시아 시대나 혁명 이후 소비에트연방 시대나 크게 다르지 않다. 실제로 1991년 말 소비에트 사회주의 공

블라디미르 레닌(1870-1924). 본명은 블라디미르 일리치 울리야노프(Vladimir Ilich Ulyanov)이다. 1887년 황제 알렉산드르 3세의 암살 계획에 참여했던 맏형 알렉산드르가 처형당하자 혁명에 뜻을 두고 마르크스, 엥겔스의 후계자가 되었다. 국외로 망명해 있다가 1905년 제1차 러시아혁명 직후 일단 귀국하였으나 1907년 다시 망명하여 주로 스위스에 머물면서 연구와 저술에 종사하다가 1917년 3월 혁명(구력 2월) 직후 귀국하였다. 같은 해 11월 7일 무장봉기로 과도정부를 전복하고 세계 최초로 프롤레타리아 독재를 표방하는 혁명정권을 수립한 다음, 1919년 제3인터내셔널을 결성하였다. 1922년 뇌일혈 발작으로 와병, 마지막 1년은 실어증(失語症)까지 겹쳐 병상에서 지내다가 1924년 사망하였다.

화국 연방이 붕괴하고 그 뒤를 이어 동유럽 위성 국가들이 줄줄이 몰락하면서 오웰의 예언은 상당 부분 사실로 판명되었다.

오웰이 『동물농장』에서 언급하는 작중인물들이나 사건을 비유적 관점에서 좀 더 자세히 살펴볼 수도 있다. 축어적 의미와 비유적 의미를 도표로 그려 보면 다음과 같다.

『동물농장』 러시아 혁명과 소비에트연방

나폴레온	이오시프 스탈린
스노볼	레프 트로츠키
스퀼러	뱌체슬라프 몰로토프 또는 『프라우다』
미니머스	블라디미르 마야코프스키 또는 막심 고리키
복서	프롤레타리아트(민중 계급)
클로버	중산층
몰리	러시아 백군 또는 프티부르주아지
벤저민	소련에 살고 있는 유태인 또는 조지 오웰
뮤리얼	인텔리겐치아(지식인층)
닭들	부농 계층(쿨라크)
아홉 마리 개	비밀경찰(NKVD) 또는 내무인민위원부
양들	우둔한 민중
오리들	선전대
윔퍼	버너드 쇼 또는 장 폴 사르트르
모지스	종교(러시아 정교회) 또는 라스푸틴

『동물농장』　러시아 혁명과 소비에트연방

들쥐들	소련 북부의 원주민들
쇠외양간 전투	러시아 내전(1917-1922)
말굽과 뿔(깃발)	망치와 낫(소비에트연방 국기)
강제 달걀 수집	스탈린의 집산주의
닭들의 반란	해군 반란(1921) 또는 농민 반란(1929)
프레더릭과의 연합	독일과 소비에트 불가침 조약
풍차 건설	스탈린의 5개년 경제개발 계획
풍차	드네프로 수력발전소
풍차 전투	독일과 소비에트 전쟁(1941)
풍차 파괴	스탈린그라드 전투
동물 학살	대숙청
목재 판매	히틀러-스탈린 불가침 조약(1939)
메이저 해골	붉은 광장에 안치한 레닌의 시체
프레더릭의 지폐	히틀러-스탈린 조약 위반
「영국의 동물들」	국제 공산당 당가(黨歌) 「앵테르나시오날」
카드게임	테헤란 회담(1943)

도덕적 알레고리건 정치적 알레고리건 축어적 의미와 비유적 의미 사이에 상응 관계를 쉽게 찾아볼 수 있지만, 비평가들의 의견이 언제나 일치하는 것은 아니다. 『동물농장』도 예외는 아니어서 위 도표에서 메이저 영감은 이러한 경우의 좋은 예가 된다. 메이저 영감을 마르크스 한 사람으로 보는 비평가도 있고, 마르크스와 프리드리히 엥겔스가 결합된 인물로 보는 비평가들이 있으며, 또 이와는 달리 마르크스와 레닌이 결합한 인물로 보는 비평가들도 있다. 메이저 영감의 여러 특징을 고려할 때 이 중에서 세 번째 주장이 가장 타당하다.

또한, 폭스우드 농장과 그 소유주 필킹턴도 이와 크게 다르지 않다. 어떤 비평가들은 폭스우드 농장을 영국으로 보는가 하면, 다른 비평가들은 이 농장을 미국으로 보기도 한다. 필킹턴도 이 무렵 영국 수상 처칠로 보기도 하고, 미국 대통령 루스벨트로 보기도 한다. 그런가 하면 또 다른 비평가들은 폭스우드 농장과 필킹턴을 어느 특정한 나라로 보지 않고 영국과 미국, 넓게는 서방 자본주의 국가들과 그 지도자들, 좀 더 범위를 넓힌다면 연합국 국가들로 보아야 한다고 지적한다. 그러나 폭스우드 농장은 "동물농장"과 인접해 있고 핀치필드 농장주 프레더릭과 사이가 좋지 않다는 점을 염두에 두면 아무래도 영국과 처칠로 보는 쪽이 더 옳을 것이다. 스퀼러, 미니머스, 몰리, 벤저민, 모지스 같은 작중인물도 비평가에 따라 비유적 의미가 조금씩 다르다.

오웰은 『동물농장』에서 정치적 알레고리 형식을 빌려 볼셰비키들의 사회주의 혁명이 어떻게 변질하고 타락하여 갔는지 그 과정을 날카롭게 비판하고 고발한다. 그런데 이러한 비판과 공격은 거의 평생을 좌익의 입장에서 사회주의를 부르짖어온 오웰의 펜에서 나왔다는 점에서 더욱 의의가 크다. 그는 사회주의 울타리 밖에서 사회주의를 비판하는 것이 아니라, 울타리 안에서 비판한다. 이 무렵 영국을 비롯하여 서유럽 국가들과 미국이 여전히 스탈린주의에 대한 환상에 젖어 있었기에 그의 비판은 더욱 설득력이 있었다. 또한, 스탈린이 막강한 힘을 과시하고 있던 시기에 그런 비판이 이루어졌다는 점에서 1953년 스탈린 사후 니키타 흐루시초프 시대에 전개되었던 스탈린 격하 운동과는 여러모로 궤를 달리한다.

오웰의 관점에서 보면 마르크스와 엥겔스가 꿈꾸던 계급 없는 사회를 건설하려는 원대한 이상은 한낱 환상에 지나지 않는다. 볼셰비키 혁명 초기에 품었던 화려한 장밋빛 희망은 점차 빛이 바래고 마침내 잿빛 절망으로 변하고 말았다. 레닌이 의문의 죽음을 맞이한 뒤 권력을 거머쥔 스탈린은 인민 탄압과 반대자 숙청에서 볼 수 있듯이 제정 러시아 황제보다도 더 지독한 독재자, 폭군으로 군림하였다. 평등과 자유는 한낱 구호에 지나지 않을 뿐, 인민과 인민 사이에는 새로운 계급이 생겨났다. 그것은 가령 우유나 사과를 생산하여도 일부 돼지들이 모두 독차지하여 나머지 동물들에게는 전혀 분배되지 않는 이 작품 속의 상황과 유사하다. 공산당의 대변자라고 할 스퀼러는 동료 동물에게 그럴듯한 궤변으로 불합리한 분배를 합리화한다.

"동무들!" 스퀼러가 외쳤다. "여러분은 설마하니 우리 돼지들이 이기주의나 특권의식을 갖고 이런 일을 한다고 생각하진 않겠지요? 사실을 말하자면, 우리 돼지 대부분은 젖이나 사과가 질색이오. 나 자신도 싫소. 그렇게 싫은 것을 왜 먹느냐 하면 목적은 단 한 가지, 건강을 유지하기 위해서요…. 우리 돼지들은 두뇌노동자요. 이 농장의 운영과 조직이 우리 돼지들의 두 어깨에 걸려 있다는 말이오. 우리는 낮이나 밤이나 동무들의 복지 향상을 위해 애를 쓰고 있소. 그러므로 우리가 젖을 마시고 사과를 먹는 것은 한마디로 동무들을 위해서인 거요."

이렇게 공산주의 지도자들은 유산자와 무산자 사이의 계급적 차별을 무너뜨리고 그 자리에 '두뇌노동자(정신노동자)'와 '육체노동자'라는 또 다른 계급적 차별의 벽을 세워 놓았다. 근로자들이 노동으로 만들어낸 잉여가치를 이번에는 자본가들이나

지주계급이 아닌 공산주의 관료들이 고스란히 차지한 셈이다. 이 과정에서 일반 백성은 제정 러시아 시대 못지않게, 아니 그 때보다도 더욱 고통을 받아야 하였다. 여기에서 오웰이 우크라이나어 번역본 서문에서 "지난 10년 동안 나는 사회주의 운동의 재건을 위해서는 소비에트 신화를 파괴하는 일이 근본적으로 필요하다고 확신하게 되었다"고 밝혔다는 점을 다시 한 번 떠올릴 필요가 있다. 적어도 그가 보기에 스탈린이 이끄는 소비에트연방의 정치 체제는 한낱 "신화"일 뿐, 실제 현실과는 거리가 멀어도 한참 멀었다. 스페인 내전에서 이미 목격하였듯이 음모·배신·허위·중상·날조 등은 공산주의자들이 정치적 목적을 달성하기 위해서 서슴지 않고 사용하는 수단과 방법이었다. 그러나 이것은 마르크스와 엥겔스가 자본주의 사회에 맞서 꿈꾸던 이상주의 사회도 아니고, 오웰이 노동자의 벗으로 평생 꿈꾸던 세계도 아니었다.

제4장

『동물농장』의 다원적 주제

조지 오웰이 소비에트연방과 스탈린주의를 염두에 두고 『동물농장』을 집필한 것은 사실이지만, 그 주제를 단순히 스탈린과 소비에트연방 공산당에 대한 비판과 고발에 국한하는 것은 좁은 생각이다. 오웰은 우크라이나어 번역본 서문에 "나는 러시아를 방문한 적도 없고, 내가 그 나라에 대하여 아는 것이라고는 오직 책과 신문을 읽어 배울 수 있는 것뿐이다. (……) 나는 스탈린과 그의 협력자들이 야만적이고 비민주적인 방법을 사용한다는 이유만으로 비난하지 않을 것이다. 가장 좋은 의도를 지니고 있으면서도 그들은 그곳의 지배적인 상황 때문에 달리 행동할 수 없었을 가능성이 아주 크다"고 썼다. 어찌 보면 그는 처음에 소비에트연방에 대해 느꼈던 감정에서 한 걸음 물러선 듯하다. 비록 이 점을 염두에 둔다고 하여도 조지 오웰이 이 작품에서 스탈린의 독재와 공산주의 이념의 타락을 비판하려는 것은 부정할 수 없는 사실이다.

그러나 『동물농장』을 오직 이러한 관점에서 읽는 것은 정치적 알레고리에 너무 무게를 싣는다는 비판을 면하기 어렵다. 축어적 의미는 말할 것도 없고 알레고리적 의미를 한 꺼풀만 벗겨보면 이 소설은 아름다운 속살을 고스란히 드러낸다. 훌륭한 작품이 흔히 그러하듯이 이 작품의 참다운 주제도 겉껍질 아래 숨어 있는 속살에서 찾아야 한다. 오웰은 이 작품과 관련하여 자신의 작품 중에서 "정말로 땀 흘려 공들여 쓴 유일한 작품"이라고 말한 적이 있다. 또 "내가 하고 있는 작업을 완전히 의식한 채 정치적 목적과 예술적 목적을 완전한 전체로 융합하려고 시도한 첫 번째 작품"이라고 밝히기도 하였다.

오웰이 이 작품에서 궁극적으로 말하려는 주제는 모든 형태의 전체주의에 대한 비판이다. 그가 비판 대상으로 삼는 것은 비단 소비에트연방의 공산주의만이 아니다. 어떤 의미에서 스탈린주의는 온갖 형태의 전체주의를 가리키기 위한 환유나 제유에 지나지 않는다. 공산주의건, 사회주의건, 파시즘이건 대중을 목적이 아닌 수단이나 도구로 삼는 정치 체제는 하나같이 오웰의 비판 대상이 된다. 여기에는 무정부주의도 자유민주주의도 예외가 될 수 없다.

그렇다면 『동물농장』에서 절대 권력을 행사하는 나폴레온은 비단 스탈린 한 사람으로만 볼 수 없다. 나치 독일을 이끌던 아돌프 히틀러도 나폴레온이요, 스페인의 독재 정치가 프란시스코 프랑코도 나폴레온이며, 이탈리아 파시즘을 주도한 베니토 무솔리니도 나폴레온이다. 경우에 따라서는 영국 총리 윈스턴 처칠도, 미국 대통령 프랭클린 D. 루스벨트도 얼마든지 나폴레온이 될 수 있다. 더 나아가 유고슬라비아의 정치가 요시프 티토와 슬로보단 밀로셰비치, 중국의 독재자 마오쩌둥, 캄보디아 크메르루주의 지도자 폴 포트, 칠레의 독재자 아우구스토 피노체트, 이라크의 독재자 사담 후세인, 쿠바의 독재자 피델 카스트로, 그리고 한국의 독재자들도 이 범주에 들어간다.

『동물농장』에서 오웰이 비단 스탈린 한 사람만 비판하지 않는다는 사실은 그가 이 작품에서 다루는 몇몇 사건만 보아도 알 수 있다. 소비에트연방의 지도자들이나 그곳에서 일어난 사건을 우화적으로 풍자하되 때로는 일부러 애매하고 모호하게 만든다. 가령 이 작품의 7장에서 벌어지는 사건은 좋은 예다. 동물들이 공들여 건설하던 풍차가 갑자기 파괴되고 그 잘못을 스노볼에게 뒤집어씌운 뒤에도 농장은 여간 뒤숭숭하지 않다.

그러자 어느 날 나폴레온은 모든 동물을 앞마당에 집합하게 하고 살벌한 눈초리로 노려보면서 소리를 지르자 갑자기 개들이 앞으로 뛰어나가 돼지 네 마리의 귀를 물고는 나폴레온의 발치로 끌고 간다. 나폴레온이 일요일 집회를 폐지하였을 때 항의하던 바로 그 돼지들이다. 그가 돼지들에게 범죄를 자백하라고 다그치자 그들은 "스노볼이 추방된 이후 계속 비밀리에 스노볼과 연락을 하고 있었고, 스노볼과 공모하여 풍차를 파괴하였으며, 또 그와 함께 공모하여 동물농장을 프레더릭 씨에게 넘겨주기로 합의했다"고 자백한다. 돼지들이 이렇게 자백을 끝내자마자 개들은 그들의 목을 물어뜯어 죽인다. 달걀을 둘러싼 반란 미수 사건의 주모자였던 암탉 세 마리도 자신들의 죄를 자백한 뒤 네 마리 돼지처럼 처형당한다. 그 밖에 거위 한 마리도, 양 세 마리도 스스로 죄를 자백하고 같은 운명에 놓인다.

그런데 이 사건은 오웰이 『동물농장』에서 언급하거나 암시하는 다른 사건들과는 달리 어떤 특정한 사건으로 간주하기 어렵다. 어떤 의미에서 오웰은 1918년 9월과 10월 두 달에 걸쳐 볼셰비키 정부가 단행한 숙청, 즉 흔히 "적색 공포"를 염두에 두고 있었는지도 모른다. 아니면 1936년과 1937년 사이에 소비에트연방에서 일어난 일련의 재판, 즉 이른바 "모스크바 심판"을 염두에 두었을 수도 있다. 대숙청의 전주곡이라고 할 모스크바 재판은 16인 재판, 반(反)소비에트 트로츠키주의자 재판, 21인 재판 등 크게 세 차례의 재판이 있었다. 이를 빌미로 옛 볼셰비키들과 소비에트 비밀경찰 지도자들을 숙청하였다.

적어도 이 점에서는 "쇠외양간 전투"도 마찬가지이다. 물론 오웰은 이 사건을 묘사하면서 흔히 "적백 내전"으로 일컫는 러시아 내전(1917-1922)을 염두에 두고 있는 듯하다. 1917년 10월 혁명 이후 볼셰비키가 페트로그라드를 장악하자 옛 러시아 제국 영토를 둘러싸고 여러 당파와 교전 세력이 전쟁을 벌였다. 그러나 오웰은 의도적으로 이 쇠외양간 전투를 조금 애매하고 모호하게 묘사하였다. 또한, 그가 이 작품에서 묘사하는 닭들의 반란도 해군 반란(1921)을 가리킬 수도 있고, 아니면 농민 반란(1929)을 가리킬 수도 있다.

영국에서는 말할 것도 없고 전 세계를 둘러봐도 오웰만큼 전체주의를 끔찍이 싫어하는 작가도 찾아보기 어렵다. 「나는 왜 글을 쓰는가」라는 에세이에서 그는 "1936년부터 내가 쓴 진지한 작품은 어느 한 줄이든 직접적이건 또는 간접적이건 전체주의에 '맞서고' 내가 이해하는 민주사회주의를 '지지하는' 것들이었다. 우리 같은 시대에 그러한 주제를 회피하여 글을 쓸 수 있다고 생각하는 것은 내가 보기에 난센스이다"라고 못 박아 말한다. 또 『1984』(1949)와 관련하여 어느 비평가에게 "전체주의는 맞서 싸우지 않으면 그것이 다시 승리를 거두게 될지 모른다"고 말한다. 전체주의는 끊임없이 경계하지 않으면 언제든지 다시 힘을 발휘할 수 있다는 말이다.

여기에서 "전체주의"라는 용어를 지나치게 좁은 의미로 받아들이는 것도 옳지 않다. 전체주의란 두말할 나위 없이 국가나 민족 전체를 개인보다 우위에 두고, 개인은 전체의 존립과 발전을 위하여 희생하여야 한다는 정치 이념을 말한다. 이 용어는 독일 나치 정권에서 탈출한 경제학자 프리드리히 하이에크가 그의 저서 『예속에의 길』(1946)에서 처음 사용한 것으로 알려졌다. 그는 전체주의를 정치적으로 자유주의나 민주주의와 대립하는 절대주의·독재주의·파시즘과 같은 의미로 폭넓게 사용하였다. 오웰이 말하는 전체주의도 하이에크가 사용한 용어의 의미와 크게 다르지 않다. 그의 관점에서 보면 개인의 자유를 억압하는 모든 힘은 하나같이 전체주의 범주에 들어간다. 그렇다면 장원농장에 맞서는 농물농장은 특정한 정치 체제와는 관계없이 인간 사회를 두루 가리키는 제유적 표현에 지나지 않는다.

일반적으로 말해서 전체주의에 반대되는 용어는 자유주의이다. 적어도 오웰에게는 모든 억압에 반대하는 태도는 곧 사회주의에 해당한다. 그렇다면 전체주의의 반대말은 자유주의 못지않게 사회주의가 되기도 한다. 오웰만큼 자유주의를 열렬히 옹호한 작가도 드물다. 그는 1930년대 초엽 "에릭 아서 블레어"라는 본명을 버리고 "조지 오웰"이라는 필명을 사용하였지만, 그에게는 또 다른 필명이 있었다. 잘 알려지지 않은 "존 프리먼"이라는 이름이 바로 그것이다. "존"은 "철수"나 "영수"처럼 영국에서 가장 흔한 이름이다. 말하자면 필부필부나 갑남을녀를 가리키는 이름이다. 오웰이 필명의 성(姓)으로 정한 "프리먼"에서 "프리"는 다름 아닌 자유를 뜻한다. 여기서도 자유주의에 대한 그의 간절한 열망을 읽을 수 있다.

오웰이 『동물농장』에서 스탈린주의나 공산주의 못지않게 민주주의나 자본주의를 비판하고 있다는 사실은 작품 곳곳에서 쉽게 찾아볼 수 있다. 예를 들어 복서는 어떤 종류건 어려운 문제나 장애에 부딪히면 "내가 좀 더 일하면 되는 거야!"라고 입버릇처럼 말한다. 실제로 그는 이 표현을 그의 좌우명으로 삼다시피 한다. 그런데 이 표현은 미국의 소설가 업튼 싱클레어가 『정글』(1906)에서 "저지스 러드커스"라는 작중인물의 입을 빌려 입버릇처럼 하는 말이다. 자본주의를 신랄하게 비판하는 싱클레어의 이 작품은 미국에서 사회주의 운동에 불을 댕긴 작품으로 오웰이 이 작품을 읽지 않았을 리가 없다. 그렇다면 오웰은 소비에트연방의 전체주의를 미국 자본주의와 같은 차원에서 보려고 하였던 것이다.

더구나 "동물농장"의 동물들이 반란의 순수성을 잃고 점차 타락의 길을 걷는다면, 장원농장에서 쫓겨나는 존스 씨를 비롯하여 이웃 농장의 인간들도 동물들과 크게 다르지 않다. 존스와 프레더릭 그리고 필킹턴은 하나같이 농부치고는 무책임하고 무능하다. 소비에트연방 공산주의 지도자들이 서방 세계의 위협을 구실 삼아 인민들을 억압하고 탄압한다면, 서방 세계 지도자들도 공산주의의 위협을 자신들의 정권을 유지하거나 다른 국가의 침략을 합리화하는 데 이용하였다. 가령 해리 트루먼, 드와이트 아이젠하워, 존 F. 케네디 그리고 린든 B. 존슨에 이르기까지 미국 대통령들은 그리스와 터키와 베트남을 침략하면서 공산주의 위협을 그 명분으로 내세웠다. 그들은 하나같이 한 국가가 공산주의 국가가 되면 그 옆의 국가들도 잇달아 공산주의 국가가 된다는 이른바 "도미노 이론"을 내세웠다. 또한, 그들은 공산주의 위협을 자국민을 억압하는 기제로 사용하기도 하였다.

그런가 하면 『동물농장』이 보편적인 주제를 다루고 있다는 것은 오웰이 전개되는 사건을 비롯하여 작품의 구성요소를 서방 여러 국가에서 가져왔다는 점만 보아도 잘 알 수 있다. 예를 들어 이미 앞에서 밝혔듯이 폭스우드 농장은 상징적으로 영국과 미국을 비롯한 서방 자본주의 국가들을 암시한다. 동물농장의 "농장가(農場歌)"라고 할 「영국의 동물들」은 「앵테르나시오날(인터내셔널)」에서 빌려 온 것이다. 이 노래는 국제 공산당의 당가

(黨歌)로서 1943년 12월까지 옛 소비에트연방의 국가(國歌)로 사용되었다. 그런데 "굶주림에 시달리는 자여 잠에서 깨어나라/궁핍의 포로여 일어나라"로 시작하는 이 노래의 가사는 1871년 파리 코뮌의 외젠 포티에가 썼다. 이 밖에도 오웰이 이 소설을 소비에트에 국한하지 않고 좀 더 국제적인 차원으로 끌어올리려고 한 흔적을 작품 곳곳에서 쉽게 찾아볼 수 있다.

조지 오웰이 『동물농장』에서 말하는 두 번째 주제는 유토피아의 본질과 성격이다. "유토피아"란 글자 그대로 한낱 공상과 허구에 지나지 않는 공간을 말한다. 잘 알려진 바와 같이 "유토피아"는 그리스어로 없음을 뜻하는 "ou"와 장소를 뜻하는 "topos"를 결합하여 만든 용어로 "이 세상 어디에도 없는 장소"라는 뜻이다. 다시 말해서 유토피아는 현실 세계에서는 결코 존재하지 않는 이상적인 사회를 일컫는다.

영국 작가 토머스 모어가 그의 저서 『유토피아』(1516)에서 묘사하는 상상의 섬이 바로 이 유토피아이다. 주민이 가족 단위로 편성되는 이 섬에서는 "자폴렛"이라는 용병을 두고 있다. 그런데 그 병사들은 전투 중에 적들과 함께 죽게 되어 있어 군사독재란 생겨날 수가 없다. 또한, 이 유토피아 섬에는 통용되는 화폐가 없다. 주민은 저마다 시장에서 필요한 만큼 물건을 그냥 가져다 쓰면 된다. 집들은 크기나 모양이 모두 똑같고, 문에는 자물쇠가 없다. 주민은 누구나 타성에 젖지 않도록 10년마다 이사하게 되어 있다. 누구나 일을 하기에 하루 노동 시간을 여섯 시간으로 줄일 수 있다. 시장에서 농산물을 무료로 공급하기 위하여 모든 사람은 의무적으로 2년 동안 농사를 지어야 한다. 간통하거나 섬에서 탈출하려고 기도한 주민은 자유인의 권리를 박탈당하고 노예가 된다. 모어가 묘사하는 이 유토피아 사회는 영국은 물론이고, 전 세계 어디에서도 찾아볼 수 없는 이상주의적인 나라이다. 다시 말해서 지도나 GPS(위성 위치추적 장치)를 이용하여 찾아갈 수 없는 동양의 무릉도원 같은 곳이다.

오웰이 보기에 블라디미르 레닌이 중심이 되어 마르크스와 엥겔스의 공산주의 이론을 토대로 건설한 계급 없는 이상주의 사회는 한낱 유토피아에 지나지 않았다. 현실 세계에서는 이룰 수 없는 그림자 같은 환영이었다는 사실이 점차 드러났다. 인간과 인간 사이에는 어쩔 수 없이 계급이 있을 수밖에 없다. 한 계급의 장벽을 허물어 버리면 곧 다른 계급의 장벽이 들어서게 마련이다. 레닌이 볼셰비키 혁명을 일으켜 제정 러시아를 무너뜨리고 소비에트연방을 건설하였지만, 정부의 이름과 통치 형태만 바뀌었을 뿐, 달라진 것은 없었다. 오웰은 이 작품에서 계급 없는 이상주의 사회를 건설한다는 것이 얼마나 어려운지, 아니 불가능하다는 사실을 설득력 있게 보여 준다.

물론 『동물농장』에서 오웰이 처음부터 유토피아의 가능성을 아예 부정하는 것은 아니다. 다만 이 작품에서 그가 말하려는 것은 이상주의 사회를 건설하려는 지도자들의 타락과 부패, 탐욕, 권력 의지, 무지가 유토피아의 가능성을 파괴한다는 점이다. 다시 말해서 오웰은 혁명 자체에 회의를 품기보다는 혁명을 이끈 지도자들의 타락과 부패를 혁명의 결점으로 파악하였다. 어떤 형태든 이러한 유토피아에 대한 꿈이 없다면 아마 현실은 너무 각박하여 살아가기 어려울 것이다. 동물농장의 몇몇 동물은 높은 하늘 구름 저편 조금 떨어진 곳 어딘가에 "설탕사탕산"이 존재한다고 믿는다. 갈까마귀 모지스는 다른 동물들에게 "지금 보이는 저 검은 구름이 있는 반대쪽에 설탕사탕 산이 있는데…… 그곳에 가면 우리처럼 불쌍한 동물들이 일하지 않고도 언제나 편안하게 살 수 있는 행복한 나라가 있지요"라고 말한다. 돼지들은 그런 나라가 절대로 없다고 설득하는 데 무척 애를 먹기도 하지만 자신들에게 유리할 때에는 언제나 모지스의 말을 이용하기도 한다.

이 주제와 함께 오웰이 『동물농장』에서 말하려는 또 다른 주제는 권력의 속성과 그 위험성이다. 영국의 역사가요 법철학자인 존 액튼 경(卿)은 맨델 크레이튼 주교에게 보낸 편지에서 "모든 권력은 부패하기 쉽고 절대 권력은 절대적으로 부패한다"고 말한 적이 있다. 액튼 경의 말대로 권력은 그 속성에 부패하는 경향이 있을뿐더러 절대 권력은 절대적으로 부패하게 마련이다. 오웰이 이 작품에서 말하려는 것도 부패하거나 타락할 수밖에 없는 권력의 속성이다. 나폴레온은 배신자의 혐의를 씌워 스노볼을 동물농장에서 쫓아 버리고 나서 집회가 시간 낭비에 지나지 않는다는 이유를 들어 농장 일을 토론하는 모임을 모두 없애 버린다고 발표한다. 앞으로 농장 일과 관련한 모든 문제는 돼지들로 구성된 특별위원회에서 처리할 것이며, 자신이 의장을 맡는다고 밝힌다. 아울러 비공개로 진행한 회의에서 그들이 결정한 사항을 나중에 다른 동물들에게 전달할 것이라고 공표한다. 한마디로 나폴레온은 모든 정치권력을 혼자서 거머쥐는 것이다.

그러고 보니 알베르 카뮈가 왜 "모든 혁명가는 압제자나 이단자로 끝장이 난다"고 말하는지, 이제 그 까닭을 알 만하다. 혁명가는 하나같이 혁명을 일으킬 때 가슴에 품고 있던 순수한 열정을 계속 유지하지 못하고 쉽게 잊어버리게 마련이다. 권력을 잡은 뒤 다른 사람들을 지배하고 싶어 하는 혁명가들이 있는가 하면, 권력을 먼저 손에 쥔 혁명가에게 밀려 이단자로 단죄받는 혁명가들도 있다. 『동물농장』에서 나폴레온을 비롯한 돼지들은 혁명이 성공을 거두자마자 압제자가 되고, 혁명 뒤 권력투쟁에서 패배한 스노볼은 나폴레온한테 이단자로 몰려 추방된다. 오웰은 이 주제를 좀 더 분명히 드러내기 위하여 순환적 구조를 사용한다. 즉, 이 장면과 마지막 장면은 서로 비슷하다. 말하자면 이 작품의 플롯은 둥근 원을 그리며 제자리로 돌아오는 셈이다. 마지막 장면에서 동물들은 "동물농장"이라는 이름을 버리고 옛날처럼 "장원농장"이라는 이름을 사용한다. 술을 마시며 카드게임을 하다 싸움을 벌이는 동물과 인간은 이제 서로 비슷하여 구분 짓기 어렵다. 이 소설의 화자는 이 장면을 "열두 목소리가 분노에 차서 소리를 지르고 있었는데 모두가 하나같이 비슷했다. (……) 바깥에 있는 동물들은 돼지를 쳐다보다가 인간을 쳐다보았고, 다시 인간을 쳐다보다가 돼지에게로 눈길을 옮겼다. 그러나 이미 어느 것이 돼지의 얼굴이고 어느 것이 인간의 얼굴인지 도저히 구별할 수가 없었다"라고 묘사한다. 메이저 영감의 계시를 받고 동물들이 혁명을 일으키며 가슴속에 품었던 원대한 꿈은 어느덧 다시 물거품으로 돌아가는 것이다. 그러고 보니 이 소설만큼 내용과 스타일, 주제와 형식이 서로 유기적으로 잘 맞아떨어지는 작품도 찾아보기 드물다.

바로 여기에 오웰의 냉소주의와 염세주의가 도사리고 있다. 모든 권력이 타락하고 모든 혁명가가 압제자나 이단자가 된다면 이 세계를 좀 더 나은 미래 세계로 만든다는 꿈은 어쩌면 무지개를 좇는 것처럼 부질없는 일일는지 모른다. 『동물농장』을 읽고 난 뒤 왠지 씁쓸한 뒷맛을 느끼게 되는 것은 바로 그 때문이다. 그렇다면 오웰은 왜 이렇게 냉소적이고 염세주의적인 태도를 보일까? 이 물음에 대하여 오웰 연구가인 러설 베이커는 오웰의 성장 과정과 그의 체험에서 답을 찾는다. 즉, 오웰이 감수성 예민하던 청년 시절에 독일의 히틀러를 비롯하여 소비에트연방의 스탈린 그리고 스페인의 독재자 프란시스코 프랑코가 큰 힘을 떨치고 있었다는 사실에 주목한다. 특히 스페인 내전에 참가하여 구사일생으로 살아남은 오웰은 독재자들의 위력이 인류가 흔히 상상할 수 있는 것 이상으로 엄청나다는 사실을 몸소 깨달았던 것이다.

오웰이 『동물농장』에서 다루는 또 다른 주제는 현실주의와 이상주의의 갈등과 대립이다. 두말할 나위 없이 나폴레온(스탈린)은 현실주의자에, 스노볼(트로츠키)은 이상주의자에 해당한다. 또는 전자를 행동주의자, 후자를 관념주의자로 볼 수도 있다. 그렇다면 나폴레온과 스노볼의 갈등은 곧 현실주의자와 이상주의자, 행동주의자와 관념주의자의 치열한 대결로 보아 크게 틀리지 않을 것이다. 이반 투르게네프는 일찍이 인간을 크게 햄릿형과 돈키호테형으로 나눈 적이 있다. 이 분류 방식에 따른다면 나폴레온은 돈키호테형에 가깝고, 스노볼은 햄릿형에 가깝다. 그리고 이 두 유형 중에서 돈키호테형이 햄릿형을 누르고 거의 언제나 승리를 거둔다.

오웰이 왜 동물농장의 권력을 장악하는 수퇘지 이름을 하필이면 "나폴레온"이라고 지었는지 여기에서 잠깐 살펴볼 필요가 있다. 두말할 나위 없이 『동물농장』의 작중인물 나폴레온은 프랑스 혁명기의 군인이자 정치가로 뒷날 프랑스 제1제국의 황제이며 라인동맹의 보호자 겸 이탈리아의 왕으로 즉위한 나폴레옹 1세(나폴레옹 보나파르트)를 말한다. 워털루 해전에서 아서 웰링턴에게 패할 때까지 그는 유럽 전역을 점령하다시피 하여 왕과 군주를 몰아내고 민중에게 자유를 안겨다 준 위대한 해방자로 이름을 크게 떨쳤다. 그러나 그는 결국 귀족과 왕을 몰아내고 자신이 그 자리를 차지하였다. 그렇게 장밋빛 유럽 자유주의의 이상을 송두리째 앗아간 채 그는 마침내 비극적 최후를 맞이하였다. 오웰이 프랑스의 황제 중 한 사람의 이름으로 수퇘지, 그것도 독재를 일삼는 동물을 일컫는 데 불만을 품은 프랑스 사람들은 이 작품을 프랑스어로 번역할 때 나폴레온을 '세자르', 즉 '카이사르'로 바꾸어 옮겼다.

그런데 여기에서 한 가지 찬찬히 눈여겨볼 것은 지배자의 권력 남용은 지배를 받는 피지배자에게도 부분적으로는 그 책임이 있다는 점이다. 압제자는 하나같이 옳지 않고, 그의 지배를 받는 모든 백성은 언제나 옳다고 생각하는 것은 지나치게 단순한 논리이다. 『동물농장』에서 오웰은 이러한 주장이 진리가 아니라는 사실을 뒷받침한다. 피지배자들은 흔히 "좀 더 나은 선(善)"을 위하여 기꺼이 희생하여야 한다는 지배자의 달콤한 유혹에 속아 넘어가기 쉽다. 스퀼러는 다른 동물들에게 그럴듯한 말로 나폴레온의 독재 지배를 합리화하지만 다른 동물들은 이성적으로 판단하여 문제를 제기하려 들지 않는다.

"동무들, 남을 지도하는 위치에 선다는 것이 즐거운 일이라고 생각하지 마십시오! 즐겁기는커녕 오히려 그 반대로 무거운 책임을 져야 하는 일입니다. 모든 동물이 평등하다는 사실을 나폴레온 동무만큼 확신하고 있는 분은 없습니다. 그는 여러분 자신이 직접 모든 결정을 하기를 바라고 있습니다. 그러나 동무들, 여러분은 어쩌다 그릇된 결정을 할 때가 있습니다. 만약 그렇게 된다면 우리의 운명은 도대체 어떻게 될까요?"

스퀼러의 이러한 터무니없는 주장에 이의를 제기하는 동물은 거의 없다. 그런데 피지배자들이 이성적인 판단을 할 수 없는 이유는 크게 두 가지이다. 첫째는 그들이 무식하기 때문이고, 둘째는 무관심하기 때문이다. 물론 첫 번째 이유는 지배계급이 일부러 그렇게 만든 탓이 적지 않다. 『동물농장』에서 돼지들은 글을 깨치자마자 곧바로 농장에서 책을 없애 버림으로써 다른 동물들이 글을 깨치지 못하게 한다. 그래서 클로버는 알파벳을 모두 외우고서도 낱말을 붙여 읽을 줄 모른다. 복서는 알파벳 'D' 자 이상 나가지 못한다. 몰리는 자신의 이름 여섯 글자 말고 더는 배우려고 하지 않는다. 어떤 개들은 글을 배우는 데 아예 관심조차 없다. 피지배계급이 이렇게 무식하기에 지배계급에 속한 자들은 그들을 자신이 원하는 대로 조종할 수 있다.

더구나 피지배계급은 무식할 뿐만 아니라 모든 일에 무관심하다. 실제로 이 두 가지는 서로 깊이 연관되어 있다. 무식하기에 무관심하고, 무관심하기에 결과적으로 무식할 수밖에 없다. 『동물농장』에 등장하는 짐승 중에서 당나귀 벤저민처럼 무관심하고, 회의적이고, 냉소적인 태도를 보이는 동물도 없다. 벤저민은 수퇘지들만큼 글을 읽을 수 있었지만, 자기 재능을 좀처럼 유용하게 쓰려고 하지 않는다. 자신이 알기로 이 세상에 읽을 만한 가치가 있는 책은 단 한 권도 없다는 것이다. 돼지들이 잔인하게 다른 동물들을 처형한 이튿날, 이 사건이 확실히 동물의 일곱 계명에 어긋나는 일이라고 생각한 클로버가 벤저민에게 여섯 번째 계명을 읽어 달라고 부탁하자 벤저민은 그러한 일에 끼어들고 싶지 않다며 거절한다. 또 벤저민은 자신이 살아온 긴 일생을 자세히 기억하고 있다면서 "지금의 사태가 전보다

좋아지지도 나빠지지도 않았으며, 또 앞으로도 그렇게 될 리가 없을 것이다"라고 공언한다. 그의 말에 따르면 굶주림과 고통과 실망은 역사에서 변하지 않는 삶의 법칙이라는 것이다.

어찌 보면 "동물농장"에서 사는 모든 동물 가운데 벤저민이 가장 오래 살아남는 것도 결국 어떤 일에도 관여하지 않으려는 탈정치적인 태도 덕분일지도 모른다. 그러나 벤저민 같은 피지배계급의 이러한 무관심과 회의주의 그리고 냉소주의야말로 지배계급에게 악을 행할 수 있는 더할 나위 없이 좋은 빌미를 제공한다. 미국의 독립전쟁과 프랑스 혁명의 현장에서 활약하였던 토머스 페인의 지적대로 행동하지 않는 양심은 어떤 의미에서는 악의 편이라고 할 수 있다. 오웰이 미국 작가 헨리 밀러를 문학가로서는 존경하면서도 사회악에 좀처럼 저항하지 않는 그의 정치적 입장을 날카롭게 비판하는 까닭도 바로 여기에 있다. 오웰에게 밀러는 「구약성서」의 요나처럼 외부 세계와 단절된 채 고래의 배 속에 편안히 갇혀 침묵을 지킴으로써 악을 용인하는 결과를 낳는다.

적어도 이 점에서는 영국 시인 W. H. 오든도 크게 다르지 않다. 그도 오웰처럼 스페인 내전에 참가하였지만, 오히려 파시즘이나 스탈린주의에 침묵을 지켰다. 이보다 한 걸음 더 나아가 오든은 경우에 따라서는 살인 행위가 "필요하다"고까지 서슴지 않고 말한다. 그러나 오웰은 오든의 말과 관련하여 "'필요한 살인'이라는 구절을 주목해 보라. 그 구절은 오직 살인이 하나의 낱말에 지나지 않는 사람만이 쓸 수 있을 것이다"라고 지적한다. 그러면서 버마에서 수많은 살인과 시체를 목격한 자신은 "살인"이라는 말을 그렇게 가볍게 발설할 수 없다고 밝힌다.

전체주의의 횡포를 비판하지 않고 침묵함으로써 비록 간접적이지만 결과적으로 전체주의에 동조하기는 복서도 벤저민과 크게 다르지 않다. 스퀼러가 "만약 우리가 한 걸음이라도 잘못 옮기는 날에는 적이 우리를 덮칠 것입니다. 설마 여러분은 존스

복서는 흔히 비판의식 없는 어리석은 충성심의 상징으로 인용되곤 한다.

가 다시 돌아오기를 바라지는 않겠지요?"라고 말할 때 아무도 반박하지 않는다. 복서는 한 술 더 떠 "만약 나폴레온 동무가 그렇게 말한다면 그의 말이 옳은 거야"라고 말한다. 그는 "내가 조금만 더 일하면 되는 거야!"라는 말과 함께 "나폴레온은 언제나 옳아!"라는 말을 자신의 좌우명으로 삼는다. 다른 말 두 마리를 합해 놓은 것만큼 힘이 센 복서는 아무런 불평 없이 묵묵히 일만 하여 결과적으로는 전체주의를 굳게 다지는 데 이바지한다. 더구나 그는 나이가 들어 효용 가치가 없어지자 폐마업자에 팔려 가 죽어 간다.

이렇게 복서의 비극적 결말에서 볼 수 있듯이 『동물농장』의 분위기는 어둡다. 색깔로 치자면 밝은 색깔보다는 어두운 색깔이 지배적이다. 그러나 작품의 전체적인 어조는 자못 해학적이다. 실제로 이 작품은 오웰의 모든 소설 가운데에서 가장 해학적이다. 이러한 특징은 오웰의 아내 아일린 오쇼네시의 영향 때문으로 알려졌다. 그는 이 작품을 집필하는 동안 그녀와 이런저런 의견을 주고받았다. 또 이때가 그의 삶에서 가장 행복한 시기였다. 1945년에 아일린이 사망하고 난 뒤에 집필한 『1984』는 『동물농장』과 비교해 볼 때 분위기가 훨씬 어둡고 묵시록적이다.

제5장

조지 오웰의 언어관

조지 오웰은 『동물농장』에서 무엇보다도 언어를 둘러싼 문제에 깊은 관심을 기울였다. 현대 작가 중에서 오웰만큼 언어에 그토록 자의식을 느낀 사람도 아마 드물 것 같다. 물론 그보다 몇십 년 앞서 활약한 제임스 조이스 같은 작가도 언어에 자의식을 느꼈지만, 오웰의 자의식과 조이스 자의식 사이에는 적잖이 차이가 난다. 모더니즘 전통을 세우는 데 크게 이바지한 조이스가 언어의 가능성을 극단적으로 밀고 나가 실험하였다면, 리얼리즘 전통에 굳건히 서 있는 오웰은 언어의 실험보다는 지금 사용하는 언어를 지키면서 갈고닦는 데 온 힘을 쏟았다. 프랑스의 박물학자요 철학자인 조르주 루이 뷔퐁은 "문체가 곧 그 사람"이라고 말하였지만, 이 말이 오웰만큼 잘 맞아떨어지는 작가도 찾아보기 어려울 듯하다. 이 점에서 오웰의 문체는 그가 영향을 받은 동시대 작가 윌리엄 서머싯 몸의 문체와 여러모로 비슷한 데가 많다.

오웰은 어느 작가보다도 모국어 영어를 사랑하였다. 조지 버나드 쇼는 "영국인들은 자신의 모국어에는 전혀 관심이 없고 후손들에게 그것을 말하는 방법을 가르치려고 하지 않는다"고 한탄한 적이 있다. 그러나 몸이나 오웰을 생각하면 쇼의 이 말은 액면 그대로 받아들일 것은 못 된다. 오웰은 「정치와 영어」(1946)에서 영어로 글을 쓰는 것은 말할 것도 없고 심지어 영어로 말하는 것조차 과학이 아니라 차라리 예술에 가깝다고 지적한다.

"영어로 글을 쓰거나 심지어 영어로 말하는 것조차 과학이 아니라 예술이다. 믿을 수 있는 어휘란 없다. 누구나 영어로 글을 구사하는 사람은 단 한 문장을 쓰기 위해서라도 쉬지 않고 투쟁을 하여야 한다. 모호함에, 애매함에, 장식적인 형용사의 유혹에, 라틴어와 그리스어의 침입에, 그리고 무엇보다도 영어를 어지럽혀 놓는 진부한 숙어와 의미 없는 은유에 맞서 싸우지 않으면 안 된다."

오웰은 이렇게 영어를 올바로 구사할 수 있는 능력은 저절로 생기는 것이 아니라 힘겹게 투쟁하여 얻는 결과라고 말한다.

지금 그는 외국어가 아니라 자신의 모국어 영어에 대하여 말하고 있는 것이다. 오웰은 좀 더 구체적으로 여섯 가지 규칙을 내세운다. 즉, 1) 은유나 직유 또는 우리가 글에서 흔히 보는 다른 비유적 표현을 절대로 쓰지 말 것, 2) 짧은 낱말을 쓸 수 있을 때는 긴 낱말을 절대로 쓰지 말 것, 3) 낱말 하나를 삭제하여도 좋을 때면 언제나 삭제할 것, 4) 능동형을 쓸 수 있는 곳에는 절대로 수동형을 쓰지 말 것, 5) 그 말에 해당하는 일상 영어를 생각해낼 수 있을 때는 외국 표현이나 과학 용어 또는 전문어를 절대로 쓰지 말 것, 6) 아주 조잡한 어떤 말을 쓸 바에는 서슴지 말고 위 규칙을 모두 버릴 것을 권한다. 이 중에서 여섯 번째 규칙은 무엇을 뜻하는지 금방 떠오르지 않는다. 무슨 일이 있어도 세련되지 못한 파격적이고 생경한 글만은 피할 것을 권하는 것 같다. 세련되고 좋은 글을 쓰게 되면 앞의 다섯 가지 규칙에 굳이 얽매일 필요가 없다는 뜻으로 받아들여도 좋을 것이다.

그런데 오웰의 이 주장은 헨리 파울러와 프랭크 파울러가 일찍이 『표준 영어』(1906, 1931)에서 지적한 사항과 아주 비슷하다. 파울러 형제도 1) 부자연스러운 낱말을 피하고 잘 알려진 낱말을 사용할 것, 2) 추상어를 피하고 구상어를 사용할 것, 3) 완곡한 표현을 피하고 단일한 어휘를 사용할 것, 4) 긴 낱말보다는 짧은 낱말을 사용할 것, 5) 로만스 계통에서 파생된 언어보다는 앵글로색슨 계통의 토착어를 사용할 것을 권하였다. 어떤 의미에서는 여기에서 오웰은 파울러 형제가 제시한 규칙을 표현만 조금 바꾸어 놓았다고 볼 수도 있다.

오웰은 특히 산문에 깊은 관심을 기울였다. 그것은 그가 평생 저널리스트와 소설가로 활약하였다는 사실과 깊이 관련되어 있다. 그는 "내가 건강하게 살아 활동하는 한, 나는 계속 산문 스타일에 강하게 집착할 것이고, 이 지구 표면을 계속 사랑할 것이며, 단단한 것들과 쓸모없는 정보에도 즐거움을 느낄 것이다"라고 천명하였고, 죽는 날까지 이 약속을 비교적 잘 지켰다. 또 산문과 관련하여 오웰은 "좋은 산문은 유리창과 같다"고 말하기도 하였다. 유리창이라고 하여도 그가 말하는 유리창은 투명한 평면 유리를 끼운 창일 것이다. 언어는 두말할 나위 없이 창 바깥의 세상을 환히 바라볼 수 있는 매체라는 뜻이다. 반투명한 유리창이거나 볼록 유리나 오목 유리를 끼운 창이라면 사물이 있는 그대로 보이지 않고 굴절되어 일그러져 보일 것이다. 오웰은 진부한 삼류 작가가 기계적으로 반복하는 판에 박힌 표현을 보면 "살아 있는 인간이 아니라 마네킹을 바라보는 것 같은 느낌이 든다"며 거부감을 드러낸다.

그런데 문제의 심각성은 이렇게 영어가 본래의 순수성을 잃고 오염되거나 타락하는 것이 단순히 언어에 그치지 않는다는 데 있다. 오웰은 언어의 타락이 마치 전염병처럼 같은 공동체 구성원들에게도 영향을 끼친다고 지적한다. 진리를 감추려는 의도가 전혀 없는 사람들마저 자신도 모르는 사이에 더럽혀진 언어를 사용하게 된다는 것이다. 그것은 마치 밀폐된 공간에서 사람들이 오염된 공기를 마시며 살아가는 것과 같다고 할 수 있다. 한마디로 오웰은 누구나 다 쉽게 이해할 수 있는 소박하고 단순한 문체를 구사해야 한다고 주장한다.

어느 철학자는 언어를 "존재의 집"이라고 말한 적이 있지만, 오웰은 언어 쇠퇴가 궁극적으로 정치적 요인에서 비롯한다고 지적한다. 그는 단순히 이런저런 작가들한테서 나쁜 영향을 받아서 언어가 오염되는 것은 아니라고 못 박아 말한다. 다시 말해서 언어의 쇠퇴나 오염은 정치적 타락과 깊은 관계가 있다. 정치가 타락하면 언어는 오염되고 힘이 쇠퇴하게 마련이다. 그렇기에 정치가 타락하지 않게 막으려면 무엇보다도 먼저 언어가 오염되지 않도록 잘 지켜야 한다. 만약 막연하고 모호하게 말하거나 글을 쓰면 정치가들은 곧바로 그것을 자신의 목적에 유리하게 이용한다. 그들이 국민을 호도하는 데 막연하고 애매모호한 말이나 글보다 더 좋은 수단은 없다.

오웰은 문학가이건 일반인이건 명징하고 정확한 언어를 구사하지 못하는 것은 불성실하기 때문이라고 지적한다. 사람들은 실제로 마음속에 품고 있는 내용을 숨김없이 전달하거나 표현하려고 하지 않기에 불분명한 언어를 사용하고, 의도와 표현, 실제와 외견 사이에 간격이 있을 때 본능적으로 길고 어려운 말, 남들이 하도 많이 사용한 탓에 실오라기가 훤히 들여다보이는 닳고 닳은 표현을 사용한다는 것이다. 오웰에게 본질적 가치를 잃어버린 상투적인 표현은 저주나 마찬가지이다.

오웰은 『동물농장』에서 될 수 있는 대로 라틴어나 고대 그리스어에 뿌리를 두고 있는 낱말을 피하고 앵글로색슨 계통의 토착어를 구사하려고 무척 애쓴다. 라틴어나 그리스어에서 파생된 말은 토착어와 의미가 같더라도 그 함의(含意)에서는 적잖이 차이가 난다. 전자가 추상적이고 관념적이라면, 후자는 구체적이고 감각적이다. 이 작품에서 오웰이 앵글로색슨 토착어를 사용한 사례는 흔히 볼 수 있다. 예를 들어 다른 작가 같았으면 "announce"라고 하였을 것을 그는 "give out"으로, "surrender"라고 하였을 것을 "give in"으로, "recuperate"라고 하였을 것을 "pick up"이라고 한다. 라틴어를 비롯한 외국어에서 파생한 영어가 주는 피해에 대하여 오웰은 "다량의 라틴어 낱말이 부드러운 눈[雪]처럼 사실 위에 내려앉아 윤곽을 흐리게 하고 모든 세부 사항을 뒤덮어 버린다"고 한탄한다. 그의 비유가 너무 구체적이고 감각적이어서 피부에 와 닿는다.

그런데 이러한 현상은 한국어도 크게 다르지 않아서 한자에서 온 말은 라틴어나 고대 그리스어에서 파생된 영어와 같고 앵글로색슨 말은 순수한 토박이 말과 같다. 가령 "유방"이라는 한자어와 "젖가슴"이라는 토박이말, "여행자"라는 한자어와 "나그네"나 "길손"이라는 토박이말 사이에는 함축적 의미에서 큰 차이가 있다. 그리하여 나는 『동물농장』을 새롭게 번역하면서 "milk"를 "우유"라고 옮기지 않고 그 대신 "젖"이라고 옮겼다. 비록 뜻은 같을지 몰라도 함축적 의미에서는 적잖이 차이가 나기 때문이다. "우유"라는 말에서는 어딘지 모르게 생산과 유통과 소비에 이르기까지 기계 공업과 자본가의 이윤이 떠오르지만, "젖"이라는 말에서는 이유식을 하기 전 어머니의 무릎에 누워 영양분을 공급받던 어린 시절의 추억이 아련하게 떠오른다. 또한 "기아"라는 한자어는 "굶주림"으로, "추격하다"는 한자어는 "뒤쫓다"로, "항복하다"라는 한자어는 "무릎 꿇다"로, "살해하다"라는 한자어는 "죽이다"로 될 수 있는 대로 토박이말을 살려 옮기려고 애썼다.

영어에 대한 오웰의 관심은 비단 어휘 차원에만 머물지 않고 문장과 단락을 넘어 글 전체로 이어진다. 그는 정확하고 명징한 영어를 구사함으로써 평소 소중하게 생각하는 "평범한 품위"를 지키는 데 온 힘을 기울였다. 특히 정치가들이 자신들에게 유리하도록 영어를 오용하거나 남용하는 현실을 아주 못마땅하게 생각하였다. 「정치와 영어」에서 오웰은 정치적 산문은 "거짓을 진실처럼 보이게 하고 살인을 점잖게 보이게 하며 순전히 바람 같은 것에 견고한 겉모습을 부여한다"고 날카롭게 꼬집는다. 그는 좋지 않은 산문과 억압적 이데올로기 사이에는 아주 밀접한 관계가 있다고 굳게 믿고 있었다.

이렇게 정치가들이 언어를 조작하여 권력을 유지하거나 행사하는 행태를 『동물농장』 곳곳에서 쉽게 찾아볼 수 있다. 그중에서도 동물들의 일곱 계명 중 맨 마지막으로 남은 "모든 동물은 평등하다. 그러나 어떤 동물은 다른 동물보다 더욱 평등하다"란 계명이야말로 거짓을 진실처럼 보이게 하는 가장 대표적인 예 가운데 하나이다. 동물들이 반란을 일으켜 존스 씨를 농장에서 내쫓고 나서 맨 처음 만든 일곱 계명 중 마지막이 "모든 동물은 평등하다"는 것이었다. 그러나 시간이 흐르면서 나머지 여섯 계명은 조금씩 자구가 바뀌다가 슬그머니 없어지고 이제는 마지막 계명 하나만, 그것도 처음과는 크게 달라진 채 남아 있다.

그런데 절대적 개념인 "평등하다"는 형용사는 논리적으로 비교급이나 최상급을 만들 수 없는 말이다. 높낮이가 없는 것이 평등한 것이라면 어느 쪽이 더 높고 어느 쪽이 더 낮다고 말하

특권을 부정하는 민주주의 사회에서 평등은 가장 중요한 정치사회적 이념이지만, 권력을 장악한 지배자는 특정 엘리트 집단에 특권을 부여하여 자신의 세력을 강화하고 유지하는 반민주적 행태를 보이기도 한다. 이 그림은 평등을 주장하는 미국 사회에 존재하는 특권의식을 풍자하고 있다.

는 것은 논리적 모순이다. 평등한 것 그 자체보다 더 평등한 것은 이 세계에 없기 때문이다. 그렇다면 "어떤 동물은 다른 동물보다 더욱 평등하다"라는 계명은 겉으로만 절대적인 평등을 부르짖으면서 실제로는 특정한 엘리트 집단에게만 권력과 특권을 부여하려는 위선적인 표현이다. 오웰의 이 표현에는 수사학에서 흔히 말하는 역설 이상의 깊은 의미가 담겨 있다.

방금 앞에서 인용한 「정치와 영어」의 글에 포함된 "순전히 바람 같은 것에 견고한 겉모습을 부여한다"라는 구절도 오웰의 정치사상과 그의 언어관과 관련하여 좀 더 찬찬히 살펴볼 필요가 있다. 카를 마르크스와 프리드리히 엥겔스는 『공산당 선언』에서 일찍이 "견고한 것들은 모두 공기 속으로 녹아들고, 성스러운 것은 하나같이 모독받으며, 인간은 마침내 자신의 정신에서 삶의 진정한 조건과 다른 인간들과 맺고 있는 관계와 맞닥트리게 되었다"고 부르짖는다. 역사적 유물론을 전개하면서 그들은 19세기 중엽 유럽의 현실을 이렇게 표현하였던 것이다. 그러나 오웰은 정치가들이 "순전히 바람 같은 것에 견고한 겉모습을 부여"하려는 태도에서 영어의 타락을 찾는다. 자본주의 사회로 접어들면서 견고한 것들이 공기에 녹아 사라져 버렸듯이 정확하고 명징한 영어도 점차 그 힘을 잃게 되었다고, 오웰은 한탄한다. 어떤 의미에서 오웰이 변질한 사회주의를 비판하면서 본래의 모습을 되찾으려고 노력하는 것은 곧 타락한 영어의 순수성을 되찾으려는 노력과 같은 맥락에 있다고 할 수 있다.

그러나 사실 오웰이 영어에 관하여 말하는 대목에는 문제가 있다. 특히 비유법을 경계하는 대목이 그러하다. 엄밀히 따지고 보면 오웰은 『아이소피카』에 나오는 어미 게와 같다. 새끼 게에게는 절대로 옆으로 걷지 말고 앞으로만 걸으라고 가르치면서 자신은 계속 옆으로 걸어가는 그 어미 게 말이다. 오웰은 다른 사람들한테는 은유나 직유 같은 수사적 언어를 사용하지 말라고 당부하면서, 정작 자신은 은유나 직유를 즐겨 구사한다. 방금 앞에서 언급하였듯이 훌륭한 산문을 유리창에 빗대는 표현도, 진부하게 영어를 구사하는 사람을 생명이 없는 마네킹에 빗대는 표현도 하나같이 그가 경계해 마지않는 비유법이다. 또 오웰은 정치가들이 흔히 자신의 의도를 호도하려고 일부러 난해하고 진부한 표현을 사용하는 것을 "오징어가 먹물을 내뿜는 것"에 빗대기도 한다. 물고기가 물을 떠나서는 한순간도 살 수 없듯이 인간도 은유나 직유를 비롯한 비유를 떠나서는 언어를 사용할 수 없다는 사실을 새삼 깨닫게 된다.

언어에 대한 믿음을 상실한 20세기 후반 포스트모더니즘과 포스트구조주의 관점에서 보면 오웰의 언어관은 자못 낡아 보인다. 한차례 강하게 포스트모더니즘의 세례를 받은 크리스토퍼 노리스 같은 이론가는 그의 언어 이론이 "순진할 뿐 아니라, 자기기만으로 비난받아 마땅하다"고 지적한다. 실제로 언어에 대한 오웰의 주장이 단호하고 강한 만큼 여기저기에서 물이 샌다. 그러나 한 가지 염두에 두어야 할 점은 그가 언어의 효용성을 굳게 믿고 있던 때에는 아직 서유럽에 포스트모더니즘이나 포스트구조주의가 본격적으로 모습을 드러내기 전이라는 사실이다. 이 무렵 공산주의가 유령처럼 유럽 전역을 배회하고 있었지만, 포스트모더니즘의 유령은 아직 등장하지 않았다. 다시 말해서 오웰은 언어가 아직 효용 가치나 교환 가치를 상실하지 않았던 무렵에 활약한 작가라는 사실을 기억해야 할 것이다.

『동물농장』에서 오웰이 구사하는 문장은 마치 맑은 시냇가에서 갓 건져낸 조약돌과 같다. 그의 문장은 흐르는 물에 깎이고 깎여 둥글고 견고한 조약돌처럼 빛을 내뿜는다. 그의 문장은 물기 없는 화분의 흙처럼 푸석하지 않고 돌멩이처럼 야무지고 단단하다. 또한, 빛을 내뿜되 금강석처럼 화려한 빛이 아니라 진주처럼 은은한 빛이다. 어빙 하우가 그를 "윌리엄 해즐리트, 어쩌면 존슨 박사 이후 가장 뛰어난 영국 에세이스트"라고 격찬하는 것도 무리가 아니다. 영어를 모국어로 사용하는 사람은 말할 것도 없고 외국인들도 외국어로 영어를 배울 때 오웰의 글만큼 모범적인 문장도 찾아보기 어려울 것이다.

제6장
『동물농장』의 현대적 의미

19세기 미국 소설가 마크 트웨인은 언젠가 "고전이란 독자들이 책의 제목만 알고 막상 읽지는 않은 작품"이라고 말한 적이 있다. 그 특유의 독설과 유머가 번득이는 말이다. 그러나 고전이란 시대가 변하여도 독자들에게 늘 새로운 의미로 다가오는 작품이라고 할 수 있다. 보편적 의미 못지않게 특수한 의미를 담고 있는 작품이 바로 고전의 반열에 속한다. 고전으로 평가받는 작품은 흔히 보편성과 특수성, 일반성과 국부성 사이에서 절묘하게 균형과 조화를 꾀한다. 달리 말하자면 고전은 보편적 의미를 담고 있으면서도 시대마다 새로 읽히는 작품, 독자마다 새로운 의미를 읽어 내는 작품이다.

출간된 지 반세기가 지났지만, 독자들이 여전히 새로운 의미를 읽어낼 수 있다는 점에서 오웰의 『동물농장』은 고전에 속하는 작품이다. 21세기를 맞이하고도 벌써 10여 년이 지난 지금 읽어도 이 소설은 정치 우화로서 여전히 빛난다. 이 보편적 주제는 좀처럼 세월의 풍화작용을 받지 않고 출간될 당시처럼 여전히 신선하다. 그러나 어느 때보다도 환경과 생태계 위기를 맞고 있는 지금 이 작품은 새로운 의미로 독자들의 가슴을 친다. 그렇다고 오웰이 이 작품에서 환경의 중요성이나 자연 친화적인 메시지를 전달한다는 말은 아니다. 다만 그는 인간 중심주의에 비판의 칼날을 들이댐으로써 간접적으로나마 환경과 자연의 소중함을 새삼 일깨운다. 적어도 이 점에서 이 작품은 "녹색 소설"로 읽어도 손색이 없다.

이 작품에서 인간 중심주의에 대한 비판은 첫 장부터 엿볼 수 있다. 자칫 그냥 넘겨 버리기 쉽지만, 동물들에게 인간의 속성을 부여한다는 발상 자체가 인간 중심주의에 대한 회의요 비판이다. 작품의 첫머리에서 장원농장 주인 존스 씨가 침실로 들어가 불을 끄자마자 농장에서는 이상한 일이 벌어진다.

"침실의 불이 꺼지자마자 농장 건물 전체가 갑자기 부스럭거리는 소리와 함께 푸드덕거리는 소리가 났다. 품평회에 나가 입상한 미들화이트 종의 흰 수퇘지 메이저 영감이 간밤에 이상한 꿈을 꾸었는데, 그 꿈 얘기를 다른 동물들에게 들려주고 싶어 한다는 소문이 대낮에 나돌았기 때문이다."

동물이 부스럭거리고 푸드덕거리는 소리를 내는 것은 조금도 이상할 것이 없다. 그러나 수퇘지인 메이저가 꿈을 꾸었을뿐더러 그 꿈 이야기를 다른 동물들에게 들려주고 싶어 한다는 것은 참으로 이상하다. 더구나 그 소문은 농장에 사는 동물 사이에서 나돈다. 메이저로 말하자면 "이 농장에서는 가장 존경받는" 동물이다. 돼지와 말, 심지어 오리와 고양이들이 회의장으로 사용하는 헛간에 모이자 메이저 영감은 입을 열어 "동무들, 여러분은 어젯밤에 내가 이상한 꿈을 꿨다는 얘기를 이미 들었을 거요. 하지만 그 꿈 얘기는 나중에 하기로 하겠소. 그보다 먼저 할 말이 있소이다"라고 말한다.

생태계의 구성원 중에서 오직 인간만이 말하고 생각하고 판단한다고 믿는 것은 좁은 소견이다. 우리는 흔히 인간만이 언어를 소유하고 다른 동물과는 다른 언어생활을 하는 것처럼 여기지만, 실제로 다른 동물들도 비록 문자나 소리는 아니지만, 자신들에게 알맞은 의사소통 방법이 있다. 커뮤니케이션을 기호체계라고 한다면 다른 동물들도 인간처럼 기호를 사용하여 의사소통하게 마련이다. 예를 들어 『동물농장』에서 등장하는 돼지나 말 같은 동물들만 하여도 인간처럼 1) 성상적(iconic), 2) 징

후적(indexical), 3) 상징적(symbolic) 기호를 사용한다. 다만 동물 커뮤니케이션은 인간이 기침하고 웃고 눈물을 흘리는 것처럼 대부분 반사적 행동이어서 제대로 통제되지 않을 뿐이다.

1970년대 네덜란드의 생물학자 니코 틴버겐과 오스트리아의 동물학자 콘라드 로렌츠와 칼 폰 프리쉬 같은 학자들은 동물행동학을 학문의 발판에 올려놓았다. 특히 오스트리아의 곤충행동학자 프리쉬는 꿀벌의 춤이 상징 기호 체계와 같은 언어라는 가설을 세워 관심을 끌었다. 그에 따르면 꿀벌들은 꿀이 있는 꽃을 찾아내면 둥지로 돌아와 동료에게 그 장소를 전달하기 위하여 "0" 자(字)와 "8" 자 모습을 그리며 빙빙 돌면서 엉덩이춤을 춘다는 것이다. 이 춤은 청각 장애인이 사용하는 수화(手話)처럼 엉덩이춤으로 의사를 전달하는 회화(會話)에 해당한다. 이 연구로 프리쉬는 1973년도 노벨 생리의학상을 받았다.

최근 들어 이 분야의 학문은 비약적인 발전을 거듭해 왔고, 그 성과는 참으로 놀랍고도 흥미롭다. 국내에서도 번역되어 나온 스티븐 하트의 책 『동물의 언어』(1996)도 그중의 하나이다. 이 책에서 저자는 동물들도 그 나름대로 언어를 사용한다고 말한다. 하트에 따르면 동물의 언어는 "시도 아니요, 그렇다고 씰룩거리는 것도 아니다"라고 결론짓는다. 하트는 오징어가 피부 색깔로 의사소통한다고 말한다. 또 전기 물고기는 물속을 지나갈 때 서로 충돌하지 않으려고 주파수를 바꾼다는 사실도 밝혀내었다. 그것은 마치 일반인 대상의 무선통신 채널에서 주파수가 겹쳐 잡음이 너무 많을 때 주파수를 바꾸는 것과 같은 이치이다. 전기 물고기를 연구하는 과학자들은 이것을 "전파방해 기피반응"이라고 부른다.

『동물농장』에서 동물들이 회의를 통하여 의견을 수렴하고 마침내 인간을 몰아내고 스스로 농장을 운영하는 것을 단순히 동물우화로 보는 것은 옳지 않다. 물론 작가는 이 소설에서 동물우화의 형식을 빌린 것은 사실이지만, 그 이상의 의미가 있다고 보아야 한다. 동물들의 행동은 여러모로 인간 중심주의에 대한 비판으로 읽을 수 있다. 오직 인간만이 언어생활을 하고 어떤 행동을 할 수 있다는 일반적인 생각에 쐐기를 박는 것이다.

더구나 오웰은 메이저 영감의 입을 빌려 인간이 그동안 만물의 영장이나 우주의 주인으로 행세해온 것에 불만을 털어놓는다. 생태계의 집에서 인간은 어디까지나 하나의 구성원에 지나지 않는다. 법 앞에 만인이 평등하듯이 생태계의 법 앞에서도 모든 구성원은 평등하다. 그런데도 인간이 주인으로 행세하면서 그들을 지배하고 정복하고 심지어 착취하기 일쑤이다. 메이저 영감은 동물들이 비참한 생활을 할 수밖에 없는 이유는 다름 아닌 인간 때문이라고 못 박아 말한다.

"그렇다면 우리는 무엇 때문에 이처럼 비참한 생활을 계속해야만 하는 걸까요? 그것은 우리가 힘들여 생산한 것을 인간이 거의 모두 빼앗아 가기 때문입니다. 동무들, 바로 여기에 우리가 안고 있는 모든 문제의 답이 있습니다. 그 답은 단 한 마디로 '인간'이라는 말로 요약할 수 있습니다. '인간'이야말로 우리의 유일한 진짜 적입니다. 인간을 이 농장에서 몰아냅시다. 그러면 굶주림과 과로의 근본적인 원인이 영원히 사라지게 될 것이오."

좀 더 곰곰이 생각해 보면 메이저 영감의 말에는 일리가 있다. 일리가 있다는 말은 과소평가한 것이고 하나같이 정곡을 찌르는 말이다. 그의 말대로 동물들이 먹이로 애써 생산한 것을 인간은 '영농'이라는 그럴듯한 이름으로 빼앗아 간다. 메이저 영감은 동료 짐승들에게 이 점을 설득력 있게 피력한다.

"인간은 생산하지 않고 소비만 하는 유일한 동물입니다. 젖을 만들어 내지도 못하는가 하면 알도 낳지 못합니다. 힘이 없어 쟁기도 끌지 못할뿐더러 산토끼를 잡을 수 있을 만큼 날쌔게 달리지도 못합니다. 그런데도 그들은 동물 위에 군림하고 있습니다. 동물을 혹사하면서도 동물에게는 굶어 죽지 않을 만큼 최소량의 먹이만을 줄 뿐, 나머지는 모두 저들이 독차지하고 있습니다. 우리의 노동력으로 땅을 경작하고, 우리의 분뇨로 땅을 기름지게 하지만, 우리 중 어느 누구도 벌거숭이 몸뚱이 말고는 다른 재산을 가진 자가 없지요."

메이저 영감의 말대로 인간은 "동물 위에 군림하고" 있지만, 그가 직접 생산해 내는 먹을거리는 별로 없다. 여기에서 "군림"이라는 말을 좁혀 보면 먹이 사슬이나 먹이 피라미드에서 맨 꼭대기를 차지하고 있다는 말로 받아들일 수 있다. 먹이 사슬의 맨 끝에 놓인 식물은 햇빛을 받아 스스로 양분을 만들어 내고, 그다음은 식물을 먹는 작은 동물이며, 또 그다음은 이 작은 동물들을 먹는 좀 더 큰 동물이다. 맨 마지막에는 날카로운 이빨로 먹이를 잡아먹는 큰 동물이 있다. 인간은 자신의 양분을 스스로 만들어 내는 생산자에서 식물이나 다른 생물을 먹이로 살아가는 제1차 소비자나 제2차 소비자를 먹이로 삼아 살아간다. 말하자면 제3차 소비자가 다름 아닌 인간인 셈이다. 위 인용문에서 메이저 영감이 "인간은 생산하지 않고 소비만 하는 유일한 동물입니다"라고 말하는 까닭이 바로 여기에 있다.

위 인용문 중에서 특히 "(인간은) 젖을 만들어 내지도 못하는가 하면 알도 낳지 못합니다"라는 문장을 좀 더 찬찬히 되새겨볼 필요가 있다. 인간에게 단백질의 최고 공급원이라고 할 우유나 달걀은 바로 소나 닭의 번식 수단이거나 이미 태어난 자식을 위하여 만들어 내는 음식이다. 젖은 포유류 암컷의 유선(乳腺)에서 만들어지는 액체로 암컷 포유류는 이것을 이용하여 새끼를 기른다. 달걀은 한자어 "계란(鷄卵)"에서 볼 수 있듯이 닭의 알, 즉 인간으로 치자면 난자에 해당하는 것이다.

그런데 젖이나 달걀을 생산하지 못하는 인간은 소나 양 또는 말 등이 자식을 위하여 만들어 내는 우유나 닭이 번식을 위하여 낳는 달걀을 빼앗거나 가로채어 먹는다. 그래서 메이저 영감은 "여기 내 앞에 앉아 있는 암소 여러분에게 한번 물어보겠습니다. 여러분은 지난 1년 동안 젖을 몇천 갤런이나 생산했나요? 그런데 여러분의 송아지를 튼튼하게 키우기 위해 먹여야 할 그 젖이 도대체 어떻게 됐습니까? 마지막 한 방울까지 우리 적의 목구멍을 축여 주었을 뿐입니다"라고 말한다. 또 메이저 영감은 이번에는 암탉을 향하여 "당신들은 지난 1년 동안 얼마나 많은 알을 낳았습니까? 그리고 그중 몇 개를 병아리로 깠습니까? 나머지 알은 모두 존스와 그 일당의 돈벌이를 위해 시장으로 팔려 나갔습니다"라고 말한다. 그러고 보니 메이저 영감이 "우리 삶의 재앙이 하나같이 인간들의 횡포 때문에 빚어진다는 것은 마치 유리 안을 들여다보듯 명백하지 않습니까?"라고 묻는 것도 당연하다. 사태가 이 정도이고 보면 동물들이 존스 씨를 장원농장에서 몰아내고 스스로 동물농장을 건설하려는 것은 마땅한 일이다.

요즈음 들어 "동물권"이니 "동물의 권리"니 하는 용어를 자주 듣게 된다. 인간의 권리인 인권이 있다면 동물들이 부르짖는 권리라고 할 동물권도 있다는 논리이다. "동물권"이란 동물의 권익을 일컫는 말로 인간권에 대한 인식을 바탕으로 그 권리 개념을 동물에 확대한 것이다. 좁게는 동물이 고통을 피할 수 있는 권리에서, 넓게는 동물에 대한 배려와 관심을 뜻한다. 좀 더 구체적으로 말해서 동물권을 부르짖는 이론가들은 동물이 돈의 가치로서, 음식으로서, 옷의 재료로서, 실험 도구로서, 오락을 위한 수단으로서 쓰여서는 안 되며, 인간처럼 지구에 존재하는 하나의 종과 개체로서 받아들여야 한다고 주장한다. 미국에는 180개에 이르는 법과 대학원 중에서 무려 97개 대학원에서 동물법을 강의하고 있을 뿐 아니라, 대학의 학부 과정에서도 윤리학이나 철학의 과목으로 정기적으로 강의를 개설한다.

그런데 "장원농장"이라는 이름에서도 엿볼 수 있듯이 그동안 인간은 중세기 장원의 영주처럼 생태계에서 우두머리로서 무소불위(無所不爲)의 막강한 힘을 행사해 왔다. 이 과정에서 생태계의 다른 구성원들은 고통받고 피해를 볼 수밖에 없었고, 생태계는 망가질 대로 망가져 위기를 맞이할 수밖에 없었다. 그렇다면 인간이 없는 생태계는 과연 건강할까? 이 물음에 대한 대답은 반드시 그렇지만도 않다는 것이다. 인간도 생태계의 소중한 구성원이어서 인간이 없는 생태계도 건강하다고 볼 수 없기 때문이다. 다만 인간이 생태계의 집에서 가장(家長)처럼 군림하지 말고 다른 구성원과 평등한 관계를 유지한 채 조화와 균형을 꾀하면서 살아야 할 것이다. 그렇다면 "그러니 인간들만 추방하면, 우리 노동의 대가는 고스란히 우리 손에 들어오게 됩니다. 거의 하룻밤 사이에 우리는 부자가 되고 자유로운 몸이 되는 겁니다"라는 메이저 영감의 주장은 사실과는 조금 거리가 있다. 인간이 빼앗지 않아서 부자가 되고, 학대하지 않기에 자유로워질지는 모르지만, 생태계의 관점에서 보면 그들도 이런저런 방식으로 영향을 받지 않을 수 없다. 생태계란 마치 거미줄이나 고리와 같아서 한쪽을 움직이면 나머지 부분도 함께 움직이고, 매듭 하나가 풀리면 나머지 매듭도 풀리게 마련이다.

동물을 비롯한 피조물과 자연은 그동안 인간의 "타자"로서 홀대받아 왔다. 장 폴 사르트르 이후 프랑스가 낳은 가장 뛰어난 철학자요 역사학자라는 미셸 푸코는 "타자"에 남달리 깊은 관심을 기울였다. 남성에게 억압받은 여성, 어른한테 무시당해 온 어린아이, 정상인에게 홀대받아온 비정상인, 서구인에게 비서구인들을 모두 "타자"라고 부른다. 푸코가 직접 언급한 것은 아니지만, 엄밀히 따지고 보면 인간에게 지배당하고 정복당해

미셸 푸코(1926-1984). 포스트구조주의의 대표자로 앎[知]의 기저에서 작동하는 이념과 문화의 체계를 밝히는 일에 천착했다. 또한, 억압적인 권력의 구조를 파헤쳤으며 특히, 『광기의 역사』를 통해 서양 문명의 핵심인 합리적 이성이 내포한 독단적 논리성을 비판하고 소외된 비이성적 사고, 즉 광기(狂氣)의 진정한 의미와 역사적 관계를 설명했다. 아울러 부르주아 권력과 형벌 제도를 분석한 『처벌과 감시』에서 그는 역사적으로 지배계급이 체제를 유지하기 위해 이용한 법률과 억압적 통치 구조를 분석하면서 인간의 알고자 하는 의지와 이를 억압하는 권력과의 관계를 주제로 삼았다.

온 자연도 넓은 의미에서 타자라고 하여도 크게 틀리지 않다. 남성·어른·성상인·서구인, 인간 등이 모두 동일자에 속한다면, 여성·어린아이·비정상인·비서구인·자연은 하나같이 타자에 속하는 셈이다. 동물들의 반란은 어떤 의미에서는 타자의 신분에서 벗어나려는 몸부림으로 볼 수도 있다.

이왕 푸코 이야기가 나왔으니 말이지만, 21세기 독자들은 『동물농장』에서 지식(담론)과 권력의 관계라는 또 다른 현대적 의미를 읽어낼 수도 있다. 이렇게 푸코가 말하는 "권력의 계보학"이라는 관점에서 이 작품을 읽으면 그 의미가 새롭게 다가온다. 『감시와 처벌』(1975)에서 푸코는 지식과 권력이 서로 밀접하게 관련되어 있다고 지적한다. 종래 학자들과는 달리 그는 지식이 권력에 저항한다고 보지 않는다. 오히려 지식은 권력의 적이 아니라 동반자라고 생각한다. 다시 말해서 지식과 권력은 적대적인 대립 관계가 아니라 공생 관계를 맺고 있다. 이 점과 관련하여 푸코는 "지식 없이 권력을 행사하는 것은 불가능하다. 또한, 지식이 권력을 생성하지 않는 것 역시 불가능하다"고 못박아 말한다. 그는 지식을 순수하고 자명한 가치 체계라기보다는 다분히 정치적인 권력 투쟁의 핵심 요소로 규정한다. 따라서 지식을 획득하는 행위는 곧 권력을 추구하는 방식일 뿐이다. 그래서 푸코는 이 두 영역을 굳이 구분하는 대신 하나로 묶어 "지식/권력(savoir/pouvoir)" 또는 "지식-권력"이라는 어휘를 즐겨 사용한다.

한편 권력에 대해서도 푸코는 전통적인 학자들과는 다르게 파악한다. 그는 "권력은 살아 있는 유기체처럼 섬세하게 퍼져 있는 그물망을 통하여 행사된다"고 밝힌다. 그렇기에 권력에 대한 연구는 미시적으로 진행하여야 한다고 지적한다. 푸코에게는 범죄자를 가두고 처벌하는 감옥만이 권력을 행사하는 장소가 아니다. 공장, 학교, 병영, 병원도 감옥과 비슷하다. 권력은 진리의 전당이라는 대학을 비롯하여 교육부 같은 정부의 부처, 연구재단 같은 기구, 학술 단체, 심지어 출판사를 통해서도 행사된다.

『동물농장』에서도 나폴레온과 스노볼과 스퀼러 같은 돼지들이 권력을 행사하는 중요한 수단 중의 하나는 교육과 교육을 통한 지식이다. 오웰은 작품 첫 부분에서부터 교육의 역할을 언급한다. 메이저 영감이 사망한 뒤 이 돼지 세 마리는 그의 교훈을 하나의 완전한 사상 체계로 다듬어 그것에 "동물주의"라는 이름을 붙인다. 그러고는 일주일에 몇 밤씩 존스 씨가 잠든 사이 헛간에서 비밀회의를 열고 다른 동물들에게 자세히 설명해 준다. 말하자면 동물주의를 교육하는 것이다. 물론 처음에는 여러모로 어려움을 겪지만, 동물 지도자들은 곧 다른 동물들을 세뇌하기에 이른다. 특히 마차를 끄는 "복서"와 "클로버"라는 말 두 마리는 돼지들의 가르침을 받아들여 충실히 따르는 제자였다.

더구나 나폴레온과 스노볼과 스퀼러는 존스 씨의 아이들이 쓰다가 버린 헌 철자법 교과서를 쓰레기 더미에서 주워서 읽기와 쓰기를 공부하기도 한다. 이렇게 공부함으로써 그들은 교육받은 엘리트 집단으로 군림하면서 석 달 동안 연구에 연구를 거듭한 끝에 동물주의 원칙을 '일곱 가지 계명'으로 요약한 뒤 헛간 벽에 쓴다.

첫째, 두 다리로 걷는 자는 모두 적이다.

둘째, 네 다리로 걷거나 날개가 있는 자는 모두 친구다.

셋째, 어떤 동물도 옷을 입어서는 안 된다.

넷째, 어떤 동물도 침대에서 잠을 자서는 안 된다.

다섯째, 어떤 동물도 술을 마셔서는 안 된다.

여섯째, 어떤 동물도 다른 동물을 죽여서는 안 된다.

일곱째, 모든 동물은 평등하다.

페인트로 쓴 글씨도 깨끗하고, "friend"가 "freind"로 되었고 'S' 자 하나가 반대 방향으로 돌려진 것 말고는 철자법도 제법 정확하다. 스노볼이 다른 동물들에게 커다란 소리로 읽어 주자 그들은 모두 만족하여 고개를 끄덕이고, 머리가 좋은 축들은 곧바로 '일곱 계명'을 외우기 시작한다. 그러나 스노볼은 고심 끝에 이 일곱 계명을 수정하기에 이른다. 일곱 계명은 "네 다리는 좋고, 두 다리는 나쁘다"는 계명 하나로 요약할 수 있다고 말한다. 즉, 이 한 가지 계명 속에 동물주의 모든 원칙이 압축되어 있다는 것이다. 그뿐 아니라 동물농장의 지도자들은 이 일곱 가지 계명의 내용을 세월이 흐르면서 조금씩 바꾸어 놓거나 아예 없애 버린다. 이 작품의 결말 부분에 이르러서는 헛간 벽에 일곱 번째 계명 하나밖에 남아 있지 않다. 그리고 그것마저도 "모든 동물은 평등하다. 그러나 어떤 동물은 다른 동물보다 더욱 평등하다"로 고쳐 놓는다.

이렇게 지식을 획득한 돼지들은 이를 무기 삼아 권력을 행사하기 시작한다. 대부분 권력자와 마찬가지로 돼지들에게도 교육과 지식은 민중을 계몽하기보다는 그들을 억압하고 종속시키는 수단일 뿐이다. 무엇보다 그들은 육체노동이 아니라 정신노동에 종사한다. 다시 말해서 '두뇌노동자'로 행세하는 것이다. 돼지들은 나머지 동물들과 달리 우유를 마시고 사과를 먹으면서 그것이 두뇌에 도움이 되기 때문이라고 둘러대기도 한다. 스퀼러는 "우리 돼지 대부분은 젖이나 사과가 질색이오. 나 자신도 싫소. (……) 우리 돼지들은 두뇌노동자요. 이 농장의 운영과 조직이 우리 돼지들의 두 어깨에 걸려 있다는 말이오"라고 말한다. 또 스퀼러는 동료 동물들에게 농장을 감독하고 조직하는 일이 아무리 열심히 하여도 끝이 없다고 귀가 따갑도록 설명한다. 그러면서 그러한 일은 무식한 동물로서는 도저히 이해할 수 없는 작업이라는 것이다. 이 소설의 화자는 "예를 들어 스퀼러는 돼지들이 날마다 '서류철' '보고서' '회의록' '비망록'이라고 일컫는 수수께끼처럼 까다로운 일에 어마어마한 노력을 기울이지 않으면 안 된다고 설명했다"고 말한다.

스노볼과 달리 나폴레온은 다른 동물들을 제대로 교육하지 않으려고 한다. 교육이나 지식은 자칫 체제 유지에 걸림돌로 작용할 수 있기 때문이다. 어떤 교육은 차라리 하지 않는 것만도 못할 때가 있다. 나폴레온이 동물들을 제대로 교육하지 않는다기보다는 스노볼과는 전혀 다른 방법으로 교육한다고 말하는 쪽이 옳을 것이다.

"나폴레온은 스노볼의 위원회에 전혀 관심이 없었다. 나폴레온은 이미 다 자란 동물들을 가르치는 것보다도 젊은 세대를 교육시키는 것이 더욱 중요하다고 했다. 건초용 풀을 다 거둬들인 뒤, 제시와 블루벨이 튼튼한 강아지 아홉 마리를 낳았다. 이 강아지들이 젖을 떼자마자 나폴레온은 이들의 교육은 자신이 직접 맡겠다면서 즉시 강아지들을 어미한테서 데려갔다."

작품의 뒷부분에서 판명되지만 나폴레온이 젖을 떼자마자 데려다 키운 강아지 아홉 마리는 뒷날 비밀경찰이 되어 활약한다. 그는 강아지들을 앞세워 자신의 권력 행사에 걸림돌이 되거나 도전하는 동물들을 가차 없이 제거해 버린다. 풍차 건설 문제로 스노볼이 나폴레온과 갈등을 빚자 "놋쇠 단추가 달린 목도리를 두른 큰 개 아홉 마리"가 갑자기 스노볼을 공격하고, 스노볼은 가까스로 목숨을 건지고 동물농장에서 벗어나 어디론가 사라져 버린다. 그 복장에서도 엿볼 수 있듯이 큰 개 아홉 마리는 레닌이 처음 조직하고 뒷날 소비에트연방이 해체될 때까지 존속한 국가안보위원회(KGB)와 여러모로 닮았다. 어떤 의미에서 나폴레온을 위하여 비밀경찰 노릇을 하는 개들에게서는 푸코가 말하는 '일망 감시 장치'라고 할 '파놉티콘(panopticon)'이 떠오른다. 파놉티콘은 본디 영국의 철학자이자 법학자인 제러미 벤담이 처음 제안한 일종의 감옥 건축 양식이다. 그리스어가 의미하는 바와 같이 그것은 소수 감시자가 자신을 드러내지 않고 모든 수용자를 한꺼번에 감시할 수 있는 형태의 감옥을 가리킨다.

그런데 푸코는 『감시와 처벌』에서 벤담의 용어를 철학적 의미로 사용하여 관심을 끌었다. 푸코에게 파놉티콘은 벤담이 상상했던 사설 감옥의 의미를 훨씬 뛰어넘어 새로운 근대적 감시의 원리를 말한다. 군중이 한 명의 권력자를 우러러보는 '스펙터클 사회'에서 한 명의 권력자가 다수를 감시하는 '규율 사회'로 이행하는 과정에서 파놉티콘은 자못 중요한 역할을 한다. 푸코가 말하는 파놉티콘은 오늘날 정보화 시대에 이르러 '전자 감시'로 발전하였다. 1980년대 중반 이후 컴퓨터의 대량 보급과

쿠바 이슬라 델라 후베투드의 프레시도 모델로(모델 감옥). 1926년에서 1928년에 걸쳐 독재자 헤라르도 마차도 재임 기간에 건설되었다. 중앙 관제탑에서 소수의 감시자가 2,500명의 죄수를 한꺼번에 통제할 수 있어 흔히 파놉티콘의 상징으로 일컫는다. 1959년 피델 카스트로가 집권하고 나서는 정치적 반대자들, 반혁명분자들, 동성연애자들, 여호와의 증인 교도들을 수감하는 감옥으로 사용되었다.

인터넷의 발달로 다양한 감시와 통제의 방법이 컴퓨터 데이터베이스, 폐쇄회로 카메라, 신용카드 같은 전자 결제 수단이나 인터넷을 통한 소비자 정보의 수집 등의 형태로 널리 사용되고 있다. 푸코의 파놉티콘에서 권력은 소유하는 것이 아니라 어디까지나 '작용'하는 것이며 억압하는 것이 아니라 '생산'하는 것이다.

제7장

『동물농장』의 한국어 번역

조지 오웰의 『동물농장』은 영국과 미국에서 출간되자마자 영어 문화권 독자들한테서는 말할 것도 없고 전 세계에 걸쳐 그야말로 선풍적인 인기를 끌었다. 영어를 해독하지 못하는 나라에서는 자국어로 번역하여 읽기도 하였다. 프랑스어와 독일어 같은 유럽의 주요 언어는 물론이고 페르시아어, 아이슬란드어, 우크라이나어, 인도의 안드라프라데시 주의 공용어인 텔루구어 등으로 번역되었다. 두말할 나위 없이 소비에트연방과 동유럽 블록에서는 금서 목록에 올라 있어 독자들은 지하 출판사를 통하여 나온 책을 비밀리에 돌려 읽었다. 그러던 중 이 책은 1989년 10월 9일 흔히 '디 벤데(Die Wende)'라고 일컫는 20세기 최고의 역사적 사건이 일어난 시점에 이르러서야 비로소 금서에서 풀려나게 되었다. 베를린 장벽의 철거와 서독과 동독의 통

제2차 세계대전 이후 동·서독의 분단이 완전히 고착되고 동독에서 서독으로 넘어오는 사람들이 늘어나자 동독 정부는 동·서 베를린 사이에 40여 킬로미터에 이르는 장벽을 쌓았고, 이는 동서 냉전의 상징물이 되었다. 그러나 소련 공산주의 체제가 붕괴하고 독일 통일이 추진되어 1989년 10월 9일 이 장벽이 무너졌다. 이 사건은 '냉전 체제의 붕괴'라는 세기적 대전환(Die Wende)의 상징이 되었다.

합은 오웰의 소설에도 그야말로 역사적 전환점이 되었다.

흥미롭게도 오웰의 『동물농장』은 세계 어느 나라보다도 한국에서 일찍 번역되어 나왔다. 미 군정청의 의뢰로 1948년 10월 김길준(金吉俊)이 처음으로 번역하여 국제문화협회 출판부에서 출간되었다. 한국어 번역본이 이 소설의 최초의 외국어 번역이라고 알려졌지만, 이는 사실과 다르다. 이 또한 한국인이 흔히 빠지기 쉬운 '최초 콤플렉스'나 '최대 콤플렉스'의 결과라고 할 수 있다. 앞에서 이미 여러 번 언급한 우크라이나어로 옮긴 번역본만 하여도 1947년에 나왔기에 한국어 번역보다도 일 년 앞선다. 어찌 되었든 한국어 번역본이 다른 나라의 번역본보다는 비교적 일찍 나온 것만은 부정할 수 없는 사실이다. 그런데 이렇게 다른 나라보다 출간이 일렀던 것은 미 군정청이 번역을 의뢰하였기 때문이다. 다시 말해서 미 군정청이 미국 해외정보국(VSIA)의 요청으로 남한을 반공의 전초기지로 삼기 위하여 착수한 작업의 하나였다. 1942년 6월 창립된 미국 해외정보국은 주로 적대국에 대한 선전 방송을 맡아온 기관이다. 전후 냉전 기간에는 주로 공산권 국가에 자유주의 진영의 이데올로기를 비롯하여 문화 등을 소개하고 선전하는 일을 맡았다.

이렇게 해외정보국 담당자들은 『동물농장』을 한국어로 번역하여 한국 독자들에게 읽힘으로써 일본 제국주의의 굴레에서 갓 풀려난 신생 공화국 국민에게 반공 이데올로기를 심어 주려고 하였다. 한마디로 오웰이 이 소설에서 다루는 전체주의에 대한 비판은 이 무렵 미국에서 부르짖던 반공주의와 잘 맞아떨어졌던 것이다. 같은 해 국제문화협회 출판부에서 빅토르 크라브첸코의 『나는 자유를 선택하였다』를 출간한 것만 보아도 오웰의 소설 번역이 이 무렵 어떤 의미를 담고 있었는지를 쉽게 헤아려볼 수 있다.

여기에서 잠깐 『동물농장』을 번역한 김길준에 대하여 알아보는 것이 좋을 것 같다. 평안도 출신인 그는 이 무렵 보기 드물게 미국에서 유학한 엘리트였다. 잘 알려진 바와 같이 평안도는 한국 기독교의 메카요 부르주아 민족 운동의 산실과 다름없었다. 1920년대 중반 미국 유학생의 절반에 가까운 수가 평안도 출신이었다. 이렇게 일제 강점기 미국에서 서구식 교육을 받은 평안도 출신 기독교계 엘리트들은 나라가 해방되고 미 군정이 들어서자 곧바로 한인 관료로서 핵심적인 역할을 맡았다. 김길준은 미 군정청에서 통역관 겸 자문위원으로 활동하였다. 좀 더 구체적으로 그의 공식 직함을 말하자면 그는 미군정 장관의 공보 고문이었다.

한국어 번역에서도 엿볼 수 있듯이 『동물농장』은 미국에서 출간되어 나오자마자 반공 이데올로기를 전파하는 선전물로 이용되기도 하였다. 미국 중앙정보부(CIA)는 만화 영화로 만들어 러시아 혁명과 공산주의 체제를 풍자하여 그것이 얼마나 부질없는지를 알리려 하였다. 물론 이 만화 영화에서는 작품의 마지막 장면을 새로운 혁명이 일어나는 것으로 살짝 바꾸어 놓았다. 오웰이 이 작품에서 정치 선전의 위선을 중요한 주제로 삼고 있다는 점을 생각할 때 미국 중앙정보부의 이러한 행위는 참으로 아이러니가 아닐 수 없다.

김길준의 번역 이후 한국에서는 여러 출판사에서 이 오웰의 작품을 번역하여 출간해 왔다. 오웰이 1950년에 사망하여 번역 저작권의 시효가 잠정적으로 말소된 우리나라에서는 여러 출판사에서 그야말로 우후죽순처럼 번역본을 간행하고 있다. 물론 자유무역협정이 발효하면 사정은 달라질 것이다. 어쨌든 이전에 출간되었다가 이미 절판된 번역본은 접어 두고 현재 시중에서 팔리고 있는 『동물농장』 번역서 중에서 첫 단락만 비교해 봄으로써 번역의 수준을 가늠해 보기로 한다.

Mr. Jones, of the Manor Farm, had locked the hen-houses for the night, but was too drunk to remember to shut the pop-holes. With the ring of light from his lantern dancing from side to side, he lurched across the yard, kicked off his boots at the back door, drew himself a last glass of beer from the barrel in the scullery, and made his way up to bed, where Mrs. Jones was already snoring.

영국 속담에 "표지를 보고 책을 판단하지 마라"는 말이 있다. 조지 엘리엇의 『플로스 강의 물방앗간』(1860)에서 '털리버'라는 작중인물이 대니얼 드포의 책 『악마의 역사』를 언급하면서 이 표현을 처음으로 사용하였다. 그러나 이 표현은 그 뒤 축어적 의미보다는 비유적 의미로 널리 쓰이게 되었다. 즉, 사물의 겉모습만을 보고 그 가치를 평가하지 말라는 뜻이다. 그런데 이 속담은 오늘날 비유적 표현이 아닌 축어적 표현으로 받아들여도 좋을 듯하다. 영상 매체가 제왕처럼 군림하는 이미지의 왕국에서 책의 표지에 현혹되어 책을 사는 독자들이 적지 않기 때문이다. 어찌 되었든 표지를 보고 책의 내용을 판단할 수는 없지만, 책의 첫 단락을 보고 그 책의 내용을 판단할 수는 있다. 특히 문학 작품에서 첫 단락이 차지하는 몫은 무척 크다. 세계 문학사를 들여다보면 작품의 첫 문장과 첫 단락을 잘 쓰려고 무척 고심한 작가들이 적지 않다. 영국 소설가 데이비드 로지는 소설의 첫 문장을 '작품의 문지방'에 빗댄다.

오웰의 『동물농장』 첫 단락도 뛰어난 도입부로 흔히 꼽힌다. 작중인물, 작품의 소재, 주제, 어조, 문체 등이 모두 드러나 있기 때문이다. 작가가 창작할 때 첫 단락을 잘 써야 하듯이 번역가도 번역할 때 첫 단락을 잘 번역하는 것이 중요하다.

"매너 농장의 존스 씨는 밤이 되자 닭장 문단속을 했으나 너무 술이 취해서 쪽문 닫는 것을 잊어버렸다. 그의 손에 들린 등불에서 나오는 불빛이 이리저리 춤을 췄다. 그는 비틀거리며 마당을 가로질러 갔다. 뒷문에서 장화를 벗어던지고, 주방 술통에서 마지막으로 맥주를 한 잔 더 마신 다음 부인이 코를 골며 자고 있는 침대로 들어갔다."

—정병조, 누멘출판사(2010)

현재 시중에서 팔리는 번역서 중에서 원로 영문학자가 번역한 것으로는 누멘출판사 판이 유일하다. 일제 강점기에 교육받은 정병조는 영국 소설을 여러 편 번역하였다. 위 번역문에서 먼저 눈에 띄는 것은 첫 문장에서 "Mr. Jones, of the Manor Farm"을 "매너 농장의 존스 씨"라고 번역하였다는 점이다. 이렇게 번역하면 독자들은 '매너'를 단순히 농장주의 이름으로 받아들이기 십상이다. 존스 씨가 이 농장의 주인인데 농장의 이름이 매너라는 것이 논리적으로 잘 들어맞지 않는다.

여기에서 "the Manor Farm"이란 중세 영국에서 귀족 소유지나 영지에 속한 장원농장(莊園農場)을 말한다. 그 의미를 좀 더 자세히 알기 위해서는 여기에서 잠깐 영어 사전의 풀이를 살펴보는 것이 좋을 것 같다. "Manor Farm is the name traditionally given to a farm that was part of a Manor in England. Its produce was used to supply the Manor. Due to its ancient origins, there are many uses of the name Manor Farm to be found in England."로 풀이되어 있다. 즉, 전통적으로 영국의 장

원에 딸린 농장을 가리키는 말인데, 그곳에서 생산한 농산품을 주로 장원에 공급했기에 그러한 이름이 붙었다는 것이다. 그리고 영국에는 이러한 이름이 붙은 농장이 많다면서 오웰의 『동물농장』을 언급하기도 한다. 앞에서 이미 지적하였듯이 여러 정황으로 미루어 보아 오웰은 제정 러시아를 염두에 두고 존스 씨의 농장 이름을 지었음이 틀림없다.

또한, 정병조의 번역에서 원천 텍스트(ST)의 두 번째 문장을 세 문장으로 나누어 옮긴 것도 좋은 번역이라고 할 수 없다. 물론 원천 텍스트의 문장을 목표 텍스트(TT)에서도 그대로 옮길 필요는 없다. 길어서 의미 전달이 어려울 때는 두세 문장으로 나누어 번역하거나, 이와는 반대로 스타카토처럼 지나치게 짧은 문장들은 한 문장으로 결합하여 번역할 수 있다. 원천 언어(SL)와 목표 언어(TL)의 문장 구조는 서로 일치하지 않기 때문이다. 그러나 원문의 문체를 살리기 위해서는 될 수 있으면 문장 단위를 그대로 살려 번역하는 것이 좋다. 위 번역에서 존슨 씨의 손에 든 등불이 흔들거리는 이유는 그가 비틀거리며 마당을 가로질러 가기 때문이다. 그렇기에 위 번역처럼 두 문장으로 나누어 옮기면 왜 등불이 흔들거리는지 그 이유를 알 수 없다.

"그날 밤, 메이너 농장의 존즈 씨는 잠자리에 들기 전 닭장 문을 걸어

잠그기까진 했으나 술이 너무 취해 닭장의 작은 구멍 닫는 일은 잊어버렸다. 그가 갈짓자 걸음으로 마당을 건너가는 동안 그의 손에 들린 등불의 둥근 불빛도 좌우로 크게 출렁거렸다. 그는 본채 뒷문에서 장화를 발꿈치로 차 벗어던지고 부엌 술통에서 맥주 한 잔을 마지막으로 따라 들이키고는 침대로 향했다. 침대에는 아내가 벌써 코를 골며 잠들어 있었다."

—도정일, 민음사(1998)

첫 문장의 "Mr. Jones, of the Manor Farm"을 "메이너 농장의 존즈 씨"로 번역한다는 점에서는 도정일 역시 정병조와 크게 다르지 않다. 이렇게 "메이너 농장"으로 옮기면 오웰이 염두에 두고 있는 정치적 알레고리를 자칫 놓쳐 버릴 위험이 크다. 한편 농장 주인의 이름도 정병조가 '매너'라고 표기한 것과는 달리, 도정일은 '메이너'로 표기한다. 새삼 말할 필요도 없이 'manner'와 동음이의어인 'Manor'는 '메이너'가 아닌 '매너'로 표기하여야 마땅하다.

첫 문장의 후반부 "닭장 문을 걸어잠그기까진 했으나 술이 너무 취해 닭장의 작은 구멍 닫는 일은 잊어버렸다"도 문제가 있기는 마찬가지이다. "걸어잠그기까진(까지는)"과 "일은"에서 보조사 "은"이 반복되어 조금 이상한 뉘앙스를 자아낼 뿐만 아니라 자연스럽지 못하다. 또한, 정병조와 마찬가지로 도정일도 "his lantern"을 "그의 손에 들린 등불"로 번역하였다. 그러나 한국어에서 수동형은 아주 특별한 경우가 아니고서는 좀처럼 사용하지 않는다. "손에 들린"보다는 차라리 "손에 든"이라는 능동형을 사용하는 쪽이 한국어로서 훨씬 자연스럽다. 더구나 "작은 구멍 닫는 일은"에서도 "일"이라는 낱말도 조금 거슬린다. 잠들기 전에 닭장 문을 닫는 것은 농부가 하는 일상이기 때문에 굳이 "일"이라고 표현할 것까지는 없을 듯하다. 뒤에 다시 언급하겠지만 "작은 구멍"도 "popholes"의 번역어로 그다지 적절하지 않다.

위 번역문의 후반부 "그는 본채 뒷문에서 (……) 코를 골며 잠들었다"도 그렇게 좋은 번역이라고는 할 수 없다. 원문의 "back door"를 "본채 뒷문"이라고 옮긴 것은 아마 독자의 이해를 돕기 위해서였을 것이다. 그러나 두말할 나위 없이 여러 채로 된 살림집에서 중심이 되는 집채를 가리키는 "본채(몸채)"는 "별채(곁채, 딴채)"와 대립되는 말이다. 모르긴 해도 닭장 같은 짐승들을 사육하는 집을 염두에 두고 주인이 사는 집을 '본채'라고 한 것 같다. 그러나 본채는 닭장이나 외양간과 상관없이 인간이 살기 위하여 곁에 별도로 지은 집과 구별하여 부르는 이름이다. 가령 "우리는 본채와는 따로 떨어진 별채에서 기거하는 터여서……"(최일남, 『춘자의 사계』)나, "본채와 5대조 좌해 할아버지가 세웠다는 서실(書室)이 내 눈에는 언제나 금방 쓰러질 듯이 비쳤고……"(이문열, 『시대와의 불화』)라는 문장을 보면 쉽게 알 수 있다.

이렇게 독자의 이해를 돕고자 친절하게 번역한 것이 오히려 원문에서 조금 멀어진 예는 그다음 구절에서도 찾아볼 수 있다. "장화를 발꿈치로 (……) 향했다"와 "침대에는 (……) 잠들어 있었다"의 두 문장으로 끊어서 번역한 것은 크게 문제 될 것이 없다. 다만 "kicked off his boots"를 "발꿈치로 차 벗어던지고"라고 옮긴 것은 조금 지나치다. "킥오프(kickoff)"라는 축구 용어를 생각하면 쉽게 이해가 갈 것이다. 축구선수가 킥오프할 때 발 앞쪽으로 공을 차지 발꿈치로 차지는 않는다. 존스 씨가 장화를 벗는 것도 이와 크게 다르지 않을 것이다. 발 앞부분이나 적어도 발 전체를 흔들어 장화를 벗었을 것이다. "본채"와 "발꿈치로 차 벗어던지고"는 번역학에서 말하는 "과잉 번역"에 가깝다.

한편 도정일은 "made his way up to bed"를 그냥 "침대로 향했다"로 번역함으로써 이번에는 "축소 번역"에 가까운 과오를 범하였다. 수직 방향성을 가리키는 "up"을 도외시한 채 존스 씨가 침대를 목표로 삼아 발걸음을 옮긴 행위에만 무게를 실었다. "침대로 향했다"보다는 "침대로 들어갔다"라는 정병조의 번역이 좀 더 원문에 가깝다. 물론 정병조는 "up"보다는 "into"

에 가깝게 옮겼다. 서양 침대는 한국에서 흔히 사용하는 침대와 조금 달라서 올라갈 때 "스텝스툴"이라는 계단식 발판 비슷한 것을 딛고 올라갈 정도로 높다. 어떤 스텝스툴은 계단이 무려 세 개나 된다.

"그날 밤 매너 농장의 존스 씨는 닭장 문을 단속하긴 했지만 너무 술에 취해 작은 출입구 닫는 일은 잊어버렸다. 그는 비틀거리는 걸음으로 뜰을 가로질러 갔는데, 그 걸음에 따라 손에 들린 둥그런 불빛의 등도 이리저리 춤을 추었다. 그는 뒷문가에서 장화를 마구 차서 벗어던지고, 부엌에서 술통의 마지막 맥주 한 잔을 따라 들이켠 다음 아내가 한창 코를 골아대는 침대로 기어들었다."

—김기혁, 문학동네(2010)

김기혁도 첫 문장의 "Mr. Jones, of the Manor Farm"을 정병조처럼 "매너 농장의 존스 씨"로 번역하였다. 그러면서도 각주에 "매너"를 "중세 영국의 "장원"이라는 뜻"이라고 풀이해 놓았다. 정병조나 도정일보다는 한 단계 발전하였지만, 번역문만 읽는 독자들은 여전히 오웰의 의도를 충분히 이해할 수 없을 것이다. 어찌 보면 각주에서 밝힌 내용은 "매너"라는 농장 이름의 본뜻을 설명한 것에 지나지 않는 것 같다.

첫 문장의 후반부 번역은 도정일의 번역과 크게 다르지 않다. 도정일의 "걸어잠그기까진 했으나 (……) 닫는 일은 잊어버렸다"가 "단속하긴 했지만 닫는 일은 잊어버렸다"로 바뀌었을 뿐이다. 도정일의 번역보다는 김기혁의 번역이 조금 나아진 듯하다. 그러나 "popholes"를 그냥 "작은 구멍"이라고 번역한 것도 문제이지만 "출입구"로 번역한 것도 그다지 적절하지 않다. 영어 사전에는 "small open door in the side of housing for poultry, normally connected to the ground via a ramp"로 풀이해 놓는다. 그러면서 그 용례를 오웰의 『동물농장』의 첫 단락에서 든다. 사람들은 드나들 수 없고 오직 닭 같은 가금만이 드나들 수 있기 때문에 "출입구"보다는 정병조처럼 "쪽문"으로 옮기거나 "구멍문"으로 옮기는 것이 더 어울릴 것이다.

또한, 두 번째 문장 "손에 들린 둥그런 불빛의 등도 이리저리 춤을 추었다"도 좋은 번역으로 보기 어렵다. 김기혁도 정병조나 도정일처럼 수동태로 "손에 들린"으로 옮겼다. 이보다 더 심각한 것은 "둥그런 불빛의 등도"라는 구절이다. 존스 씨가 비틀거리며 걸을 때마다 이리저리 춤추는 것은 "등"이 아니라 "불빛"이다. 등이 움직이기 때문에 불빛이 흔들리는 것이다. "둥그런 불빛의 등도"보다는 차라리 "등의 둥그런 불빛도"가 훨씬 자연스럽다. 그런가 하면 마지막 문장 "그는 뒷문가에서 장화를 마구 차서 벗어던지고, 부엌에서 술통의 마지막 맥주 한 잔을 따라 들이켠 다음 아내가 한창 코를 골아대는 침대로 기어들었다"도 좀 더 찬찬히 뜯어보면 어색하다는 것을 알 수 있다. 오웰은 존스 씨가 발길로 걷어차서 장화를 벗었다고 말할 뿐 "마구" 걷어차서 벗었다고는 말하지 않는다.

"술통의 마지막 맥주 한 잔"이라는 번역도 자칫 술통에 맥주가 한 잔밖에는 남아 있지 않았다는 뜻으로 받아들일 수도 있다. 지금 비틀비틀 걷는 것을 보면 그는 이제껏 술통에서 맥주를 따라 마셨고, 이제 잠들기 전에 "마지막으로" 한 잔 더 마시는 것이다. 그러므로 "술통의 마지막 맥주 한 잔"보다는 "술통에서 마지막으로 한 잔"이라고 옮기는 쪽이 더 정확하다. 정병조가 "침대로 들어갔다"로 옮긴 것과 비슷하게 김기혁은 "침대로 기어들었다"로 번역하였다. 이 번역에서도 "up"을 생략하고 옮기지 않았을뿐더러 "기어들었다"는 표현이 조금 이상한 뉘앙스를 불러일으킨다. 한마디로 "침대 위로 올라갔다"로 옮기는 것이 더 좋을 것이다.

그냥 무심코 넘어가기 쉽지만, 김기혁 번역본에서는 삼인칭 대명사 "그"를 너무 반복하여 사용하는 것도 흠이라면 흠이다. 주어만 간추려 보면 "(……) 존스 씨는 (……). 그는 (……). 그는 (……) 침대로 기어들었다"가 된다. 한국어에서는 영어 같은 서양어와 달리 주어를 문장마다 반복하지 않는다. 원문에 충실하게 주어를 모두 한국어로 옮기다 보면 오히려 어색해지는 경우가 적지 않다. 번역할 때에는 주어를 생략하는 쪽이 자연스러운 한국어 어법이다. 이렇게 주어를 계속 반복하기 때문에 김기혁의 번역본을 읽는 독자는 번역서를 읽을 때 흔히 느끼듯이, 어딘지 모르게 낯선 인상을 받는다. 일부러 번역에서 이국화(異國化) 현상을 꾀하려는 것이 아니라면 번역자는 독자가 이해할 수 있는 곳에서는 주어를 생략하여야 한다. 그리고 이국화 번역 방법보다는 자국화(自國化) 번역 방법이 더 좋다.

국어학자 이익섭은 『한국어 문법』(서울대학교출판부)에서 "한국어의 기본 문형과 관련하여 하나 주의할 것은 한국어에서는 주어가 생략되는 일이 많다는 점이다. 주어는 주성분이어서 어느 문장에나 반드시 있어야 하는 요소임에도 불구하고 그것이 문장 표면에 드러나지 않는 경우가 많은 것이다"라고 지적한다. 그러면서 그는 1) "요즈음 무슨 책을 읽니?" 2) "소설을 읽고 있어" 3) "어떤 내용인데?"의 세 문장을 실례로 든다. 1)에서는 "너는" 2)에서는 "나는" 그리고 3)에서는 "그 소설이"와 같은 주어를 상정할 수 있는데 모두 생략하고 있다. 이처럼 주어를 생략하여 사용하는 경우는 일상 대화에서 흔히 볼 수 있지만, 문어체 문장에서도 광범위하게 나타난다.

"매너 농장의 존스 씨는 그날 저녁 닭장 문은 자물쇠로 채웠지만 너무 술에 취한 탓에 작은 구멍 닫는 것은 잊어버렸다. 그는 마당을 가로질러 비틀비틀 걸어갔는데 손에 들린 등불의 둥그런 불빛도 그의 비틀거리는 발걸음에 따라 이리저리 춤을 추었다. 그는 집 뒷문으로 들어가 장화를 휙 벗어던지고 주방으로 가더니 술통에서 맥주를 따라 마지막으로 한 잔 쭉 들이켠 다음 2층 침실로 올라갔다. 존스 부인은 벌써 코를 골며 자고 있었다."

—박영석, 열린책들(2006)

박영석도 방금 앞에서 언급한 번역가들과 마찬가지로 "Mr. Jones, of the Manor Farm"을 "매너 농장의 존스 씨"로 번역하였다. 그도 김기혁처럼 각주에 장원에 대한 설명을 간단히 덧붙여 놓았지만, 여전히 문제로 남기는 마찬가지이다. 이보다 더욱 심각한 문제는 "그는 (……) 비틀비틀 걸어갔는데 (……) 그의 비틀거리는 발걸음에 따라 이리저리 춤을 추었다"라는 두 번째 문장이다. 박영석은 "비틀비틀"이라는 의태어와 "비틀거리는"이라는 동사를 한 문장 안에 사용한 탓에 긴장감을 떨어뜨린다. 뒤에 나오는 "비틀거리는"을 생략하는 쪽이 더 좋을 것이다. 이러한 반복은 "등불의 둥그런 불빛도"에서도 엿볼 수 있다. 논리적으로도 "등"에서 불빛이 비칠 수는 있어도 "등불"에서 불빛이 비칠 수는 없다. 다시 말해서 등에서 비치는 불이 곧 등불이다.

원문의 "kicked off his boots at the back door"를 번역한 세 번째 문장 "집 뒷문으로 들어가 장화를 휙 벗어던지고……"도 원문과는 조금 거리가 있다. 존스 씨가 과연 뒷문으로 들어가서 장화를 벗었는지는 원문에 드러나 있지 않다. 그냥 "뒷문가에서"나 "뒷문 쪽에서"로 옮기는 것이 무난할 것이다. "장화를 휙 벗어던지고"도 존스 씨의 행동을 뭉뚱그려서 옮긴 것으로 좋은 번역이라고 보기 어렵다. 발길로 걷어차서 벗지 않고 손으로도 얼마든지 휙 벗어던질 수 있기 때문이다.

"마지막으로 한 잔 쭉 들이켠 다음 2층 침실로 올라갔다"라는 문장도 정확하지 않기는 마찬가지이다. "made his way up to bed"에서 "up"을 의식하고 2층으로 번역한 듯하지만, 침실이 2층에 있다면 오웰은 아마 "up" 대신에 "upstairs"라는 낱말을 사용하였을 것이다. 더구나 박영석은 "made his way up to bed, where Mrs. Jones was already snoring"이라는 원문을 "2층 침실로 올라갔다"라는 문장과 "존스 부인은 벌써 코를 골며 자고 있었다"라는 문장으로 끊어서 번역한 탓에 이 두 부부의 행위 사이에서 어떤 연관 관계를 찾기가 어렵다. 박영석의 번역본을 읽는 독자 중에는 존스 씨가 2층에 올라간 뒤 곧바로 침대로 올라가 잠을 자지 않고 신문을 읽거나 그냥 앉아 있다고 생각할 사람도 없지 않을 것이다. 이 원문의 문장은 될 수 있으면 한 문장으로 번역하는 쪽이 좋다. 존스 씨가 아내와 함께 곤히 잠들어 있는 사이에 동물들이 회의를 열기 때문이다.

이왕 말이 나왔으니 말이지만 "닭장 문은 자물쇠로 채웠지만"에서 자물쇠로 채웠다는 번역도 조금 지나치다. 물론 "lock"라는 낱말에 자물쇠로 채운다는 뜻이 없는 것은 아니지만, 흔히 "shut"의 뜻으로 사용한다. 웬만한 농가에서라면 저녁에 닭장 문을 자물쇠로 채우기보다는 닭들이 밖에 나오지 못하도록 문을 닫아 놓을 것이다. 한마디로 박영석은 앞에 언급한 다른 번역가들과 비교해 볼 때 과잉 번역의 정도가 심하다. 또한, 김기혁과 마찬가지로 그는 주어를 거듭 반복하여 표기함으로써 딱딱한 번역투 문장 냄새를 풍긴다.

"그날 밤 매너 농장의 존스 씨는 닭장을 잠갔다. 그러나 술이 너무 취해 구멍문 닫는 것을 잊어버렸다. 동그랗게 비추는 랜턴을 이리저리 흔들며 뜰을 비틀비틀 걸어가던 그는 뒷문에서 이르자 목이 긴 구두를 차 벗어버리고 식료품실에 있는 큰 통에서 마지막으로 맥주 한 잔을 따라 마시고는 침실로 올라갔고 바로 코를 골기 시작했다."

—손영도, 고려대학교 출판부(2008)

손영도는 “Mr. Jones, of the Manor Farm”을 앞에서 언급한 번역자들과 마찬가지로 “매너 농장의 존스 씨”라고 옮겼다. 이 번역은 접어 두고라도 원문의 첫 문장을 한 문장으로 그냥 번역하여도 될 것을 굳이 두 문장으로 끊어서 번역한 것은 문제가 될 수 있다. 이렇게 두 문장으로 나눠 번역하다 보면 자칫 존스 씨의 두 행위에서 연관 관계를 차단할 위험이 있다. 닭장을 잠그는 행위와 구멍문을 닫는 것을 잊어버리는 행위는 어디까지나 닭장에서 일어나는 동작이다. 그런데 이렇게 끊어서 옮기다 보니 구멍문이 닭장에 나 있지 않고 다른 곳에 있는 것으로 생각할 독자도 없지 않을 것이다.

가독성을 높이려고 끊어서 옮길 바에야 첫 문장보다는 차라리 두 번째 문장을 끊어서 옮기는 쪽이 더 좋을 것이다. “동그랗게 비추는 랜턴을 이리저리 흔들며 뜰을 비틀비틀 걸어가던 그는……”이라는 문장에서는 긴 형용사 절이 “그는”이라는 주어를 수식하기에 호흡이 조금 길어 어색하다. 그보다는 동작의 순서에 따라 “걸어가고 ⇨ 벗어버리고 ⇨ 마시고 ⇨ 올라갔다”로 옮기는 것이 나을 것이다. 원문을 보아도 “lurched ⇨ kicked off ⇨ drew himself ⇨ made his way”로 되어 있다. 의미에서 구분 짓자면 관계부사 “where Mrs. Jones was already snoring”에서 끊어 번역하는 것이 가장 좋다.

그러나 손영도의 번역에서 가장 문제가 되는 것은 두 번째 문장의 마지막 부분이다. "맥주 한 잔을 따라 마시고는 침실로 올라갔고 바로 코를 골기 시작했다"는 오역이라고 할 수밖에 없다. 침실로 올라간 사람은 존스 씨고, 침대 위에서 코를 골면서 자는 사람은 다름 아닌 그의 아내이기 때문이다. 농장 일로 피곤한지 그의 아내는 남편이 오기 전에 벌써 코를 골면서 깊이 잠자고 있다. 손영도는 "Mrs. Jones"를 "Mr. Jones"로 잘못 읽어 착오를 일으켰을지 모른다. 실제로 번역서에는 이렇게 시각적 오류 때문에 생긴 오역이 생각 밖으로 많다.

"그날 밤 "장원농장"의 존스 씨는 밤에 닭장 문을 걸어 잠갔지만, 술에 너무 취한 나머지 쪽문 닫는 것을 깜박 잊고 말았다. 등불에서 흘러나오는 동그란 불빛이 좌우로 흔들리는 가운데 그는 갈 짓자 걸음걸이로 비틀거리며 마당을 가로질러 갔다. 뒷문에서 장화를 걷어차듯 벗어던지고는, 식기실에 있는 맥주통에서 마지막으로 맥주 한 잔을 따라 들이켠 뒤 천천히 침실로 올라갔다. 침대 위에는 그의 아내는 벌써부터 코를 드르렁 골며 잠을 자고 있었다."

—김욱동, 김영사/비채(2010)

"사돈 남 말 한다"고 이번에는 이 책의 저자가 번역한 것을 살펴보기로 하자. 무엇보다도 "매너 농장의 존스 씨"라고 하지 않고 "장원농장의 존스 씨"로 옮겨 오웰의 정치 우화의 의도를 살리려고 하였다. 또한, 한국어에서는 영어를 비롯한 서양어와는 달리 의태어나 의성어가 유난히 발달하였다는 점에 착안하여 될 수 있는 대로 그것을 살려 생동감을 주려고 하였다. 가령 "코를 골며"라고 하지 않고 "코를 드르렁 골며"라고 의성어를 살려 옮겼다. 또 "갈 짓자 걸음걸이로 비틀거리며"라는 의태어에 가까운 표현을 사용하여 동적 이미지를 살리려고 하였다. 그러나 그냥 "잊어버렸다"라고 하여도 될 것을 굳이 "깜박 잊고 말았다"로 옮겼다. 가독성을 높이기 위하여 원문의 두 번째 문장을 세 문장으로 끊어서 옮겼다. 그러나 행동의 연속성을 고려하여 주어 "그는"을 생략하였다.

물론 다른 번역자들의 번역을 서로 면밀히 비교하고 검토하면서 다시 한 번 꼼꼼히 읽어 보니 역시 문제가 없지 않다. 만약 다시 번역한다면 두세 곳을 고쳐 옮기고 싶다. 예를 들어 첫 문장의 "밤에 닭장 문을 걸어 잠갔지만"에서 "밤에"라는 말을 삭제할 것이다. 강조하려고 사용한 듯하지만, 앞에 "그날 밤"이라는 표현이 나왔기 때문에 이 부사는 한낱 사족에 지나지 않는다. 또한 "천천히 침실로 올라갔다"라는 문장도 "천천히"라는 부사를 빼고 그냥 "침대 위로 올라갔다"로 옮길 것이다. "천천히"라는 부사는 원문에 없고, '침실'보다는 '침대'가 더 맞다. 그런가 하면 "침대 위에는 그의 아내는……"에서 주격 보조사 "는"이 반복되기에 "그의 아내는"은 "그의 아내가"로 수정해야 할 것이다. 프랑스 시인 폴 발레리는 모든 문학 작품은 "미완성"이라고 했는데 이 점에서는 번역도 예외가 아니다. "완벽한"번역이란 없으며 "좋은 번역"과 "더 좋은 번역"이 있을 뿐이다.

『동물농장』을 번역할 때는 이미 앞에서 지적하였듯이 오웰이 얼마나 앵글로색슨 계통의 토착어를 살려 구사하려고 노력하였는지를 염두에 두어야 한다. 더욱이 인간도 아니고 동물이 사용하는 영어이니만큼 추상적이고 관념적인 영어 어휘를 사용하거나 난삽한 문장 구문을 사용하지 않으려고 여러모로 애썼다. 그렇기에 번역자들도 될 수 있는 대로 원작자의 의도를 살려 옮겨야 한다. 가령 한국어로 번역하는 사람은 한자어보다는 토착 한국어를 찾아 옮기지 않으면 안 된다. 그렇지 않으면 이 소설의 마지막 장면처럼 돼지들이 인간의 옷을 차려입은 격이 되고 말 것이다.

『동물농장』은 비교적 최근에 나온 작품이어서 그러하기도 하지만 오웰의 작품 중에서 『1984』와 함께 유일하게 타자(打字) 원고가 남아 있는 소설이다. 특히 『동물농장』은 작가 자신이 교정을 본 교정쇄까지 남아 있어 원본의 손실이 가장 적은 작품에 속한다. 여러 판본 중에서 1993년 미국 랜덤하우스 자회사인 앨프리드노프 출판사에서 '에브리먼 라이브러리' 시리즈가 가장 믿을 만한 텍스트로 꼽힌다. 믿을 만한 학자나 비평가의 해설을 싣고 있느냐, 또 주석이나 작가의 서문이나 작가의 연보 같은 자료 등을 수록하고 있느냐 하는 것이 다를 뿐 텍스트 자체에서는 크게 차이가 없다. 그러므로 동물농장의 마지막 남은 강령을 빌려 말한다면, 『동물농장』의 텍스트에 관한 한 "모든 판본은 평등하다. 그러나 어떤 판본은 다른 판본들보다 더욱 평등하다"고 말할 수 있을 것이다.

조지 오웰은 1999년 새 밀레니엄을 앞두고 영국 BBC 방송이 실시한 조사에서 '지난 천 년 동안 최고의 문학가 부문'에서 윌리엄 셰익스피어와 제인 오스틴에 이어 3위를 차지하였다. 찰스 디킨스가 4위, 표도르 도스토옙스키가 8위, 미겔 데 세르반테스가 9위를 차지하였으니 오웰이 세계 문학사에서 차지하는 위치가 과연 어떠한지 쉽게 짐작할 만하다. 더구나 『동물농장』은 순수문학은 말할 것도 없고 대중문화에서도 그동안 각광을 받아 왔다. 대중음악으로 작곡되는가 하면, 라디오와 텔레비전 시리즈에 자주 등장하기도 한다. 1954년과 1999년 두 번에 걸쳐 영화로 만들어졌다. 영화는 원작 소설과는 조금 달라서 앞의 영화에서는 동물들이 다시 반란을 일으켜 나폴레온을 "동물농장"에서 내쫓아 버리고, 뒤의 영화에서는 나폴레온이 이끄는 지도 체제가 마치 소비에트연방이 그러하였듯이 스스로 붕괴하는 것으로 그렸다.

『동물농장』을 우크라이나어로 번역한 이호르 셰브첸코는 역사가를 크게 두 유형으로 나눈 적이 있다. 첫 번째 유형의 역사가는 꽃밭 위를 경쾌하게 날아다니는 보기에도 아름다운 나비와 같다. 두 번째 유형은 양배추 잎사귀를 느릿느릿 기어 다니며 잎사귀 전체를 벌레의 시선으로 올려다보는 쐐기벌레와 같다. 전자가 묘사하는 역사가 새의 눈으로 내려다보는 조감도(鳥瞰圖)에 그친다면, 후자는 곤충이 두 눈으로 위쪽을 올려다보는 충감도(蟲瞰圖)처럼 역사적 사실을 자세하게 관찰한다. 셰브첸토의 비유를 빌려 말한다면 오웰은 나비보다는 쐐기벌레를 닮은 역사가에 가깝다.

또한, 오웰은 미국 저술가이며 문화 비평가인 루이스 미낸드가 지적하였듯이 "중산층을 몹시 싫어하고 지식인을 경멸한 중산층 지식인이요, 어떤 토리당 당원 못지않게 신랄하게 사회주의자들을 매도한 사회주의자"라고 할 수 있다. 그는 정치가들이 가장 두려워하는 정치적 인물이다. 그런가 하면 진리가 아무리 불편하여도 그 '불편한 진리'를 서슴지 않고 말하는 용기 있는 도덕가이기도 하다. 이렇게 자기가 속해 있는 집단이나 자신이 신봉하는 이데올로기를 비판하기란 여간 어렵지 않을 것이다. 그런데도 오웰은 거의 평생토록 용기 있게 이러한 비판을 서슴지 않았다. 문학가로서 또 저널리스트로서 그가 이룩한 업적은 오노레 드 발자크의 작품과 관련하여 프리드리히 엥겔스가 일찍이 말한 '리얼리즘의 승리'라고 할 수 있다. 심지어 오웰의 사상에 동조하지 않는 사람들도 적어도 그가 시대와 불화를 겪으면서 20세기 전반기 양심을 용기 있게 대변한 작가라는 사실은 인정하지 않을 수 없을 것이다. 영국의 역사가 피어스 브렌든이 오웰을 "평범한 품위의 성자"라고 부른 것도 이와 무관하지 않을 것이다.

볼테르는 일찍이 "나는 당신이 말하는 내용에 반대한다. 그러나 당신이 그것을 말할 수 있는 권리는 내 목숨을 걸고 옹호할 것이다"라고 말한 적이 있다. 이 볼테르의 말처럼 오웰의 말하는 내용에는 찬성하지 않을지라도 그가 그렇게 말하는 권리는 존중해 주어야 할 것이다. 오웰의 말대로 자유가 어떤 것을 뜻한다면 그것은 바로 사람들이 듣고 싶어 하지 않는 것이라도 말할 수 있는 권리를 뜻하기 때문이다.

조지 오웰 연보

조지 오웰 연보

어린 오웰과 어머니 아이다

세 살 때 오웰

1903
6월 25일 인도 벵골 모티하리의 세관 아편과에서 근무하는 리처드 웜슬레이 블레어와 그의 아내 아이다 메이벨 사이에서 1남 2녀 중 둘째이자 외아들로 출생. 본명은 에릭 아서 블레어. '조지 오웰'은 뒷날 그가 사용한 필명.

1904
어머니 아이다는 아이들을 데리고 영국으로 돌아가 옥스퍼드셔 헨리온템즈에 정착.

1908-1911
서섹스 주 이스트본에 있는 초등학교에 입학하여 수학.

1911-1916
같은 지역 사립 초등학교로 옮겨 그곳에서 학업 계속.

1912
아버지 리처드 블레어가 인도 세관 근무에서 은퇴하고 12월 블레어 가족 옥스퍼드셔 시프레이크로 이주.

1914
10월, 『헨리 앤드 사우스옥스퍼드셔 스탠더드』 지에 처음으로 자작시 「영국의 젊은이여 깨어나라」 발표.

1915
가을, 블레어 가족 헨리온템즈로 이주.

1917-1921
이튼 학교에 장학생으로 입학. 제1차 세계대전이 일어나자 아버지 리처드 블레어는 소위로 임관하여 프랑스 마르세유에서 근무를 시작하고 어머니 아이다는 런던 연금부에 재직.

1921
12월, 블레어 가족 서포크 군의 사우스월드로 이주.

1922
1-6월, 사우스월드에 있는 학원에서 인도 관리 임용 시험을 준비.

친구 구이니버 버디컴과 함께

학생 시절(1921)

버마 거주 시절 여권 사진

글쓰기에 몰두한 오웰

교사 시절(1933)

사우스월드 거주 시절(1934)

1922-1927
이튼 학교를 졸업하고 버마 소재 인도 제국 경찰서 소속 경찰관으로 근무.

1927
가을, 휴가차 귀국했다가 경찰직 사직. 런던의 노팅힐 등지에서 거주.

1929
프랑스 파리에서 노동자들과 함께 생활하며 접시 닦기 등 허드렛일을 하며 지냄. 이때부터 글을 쓰기 시작. 폐렴으로 병원에 입원.

1930-1931
런던과 런던 주변의 여러 주를 전전하며 떠돌이 생활. 이 경험을 바탕으로 쓴 에세이를 『알데피』 지에 기고하기 시작.

1932-1933
미들섹스 주 헤이즈에서 있는 사립학교에서 교사 로 재직.

1933
『런던과 파리에서의 밑바닥 생활』 출간. 이때부터 '조지 오웰'이라는 필명 사용. 미들섹스 주 억스브리지에서 교사로 생활하다가 폐렴으로 입원.

1934

교사직을 그만두고 10개월간 사우스월드에 체류. 미국에서 『버마의 나날』 출간. 11월, 런던의 햄스테드로 이주하여 서적 판매상 존 킴치의 조수로 근무.

아일린의 신분증(1938)

1935

3월에 소설 『목사의 딸』 출간, 8월에 런던 켄티시로 이주, 아일린 오쇼네시를 만남.

1936

1-3월, 빅터 골런츠의 부탁으로 랭커스터와 요크셔 지방 노동자들의 생활 실태와 실업 문제를 취재. 6월, 소설 『엽란(葉蘭)을 날게 하라』 출간. 아일린과 결혼하고 7월, 독립노동당(ILP)에서 개최한 여름학교에 참가. 12월, 아내와 함께 스페인 내전에 참가.

독립노동당(ILP) 연수에 참석하여 동료들과 함께(1937)

1937

마르크스주의 통일노동당(POUM) 민병대에 소속되어 아라곤 전선에 투입. 바르셀로나 시가전에서 목에 부상. 3월, 『위건 부두로 가는 길』 출간.

허트퍼드셔 월링턴에 머물던 무렵 염소 뮤리얼에게 먹이를 주는 오웰(1939)

1938

결핵으로 6개월간 입원. 4월, 『카탈로니아 찬가』를 출간하고 9월, 요양차 모로코 여행.

BBC 근무 시절. 가운데 서 있는 키 큰 사람이 오웰(1942)

NATIONAL UNION OF JOURNALISTS
7 John Street, Bedford Row, London, W.C.1
'Phone: HOLborn 2258
Telegrams: Natujay Holb, London
This is to certify that
Mr. GEORGE ORWELL
of The Tribune
is a member of the T. & P.
Branch of the National Union of Journalists.
Branch Sec.

오웰의 기자 신분증(1943)

입양한 아들 리처드와 함께

1939

3월, 모로코에서 귀국하여 6월, 소설 『숨 쉬러 올라가기』를 출간했다. 아버지 리처드 블레어 사망.

1940

3월, 『고래 속에서』 출간. 『트리뷴』에 서평을 기고하기 시작. 제2차 세계대전이 일어나자 지방 방위군에 입대.

1941

1월, 『사자와 일각수』 출간. 8월부터 BBC 방송국에서 근무. 이 무렵 『트리뷴』을 비롯하여 『옵서버』, 『파티전 리뷰』, 『맨체스터 이브닝 뉴스』 등에 서평 기고.

1943-1946

『트리뷴』의 문학 담당 편집자로 활동.

1944

사내아이를 입양하여 '리처드 호레이셔 블레어'로 명명. 2월, 『동물농장』 탈고.

1945

파리와 콜로뉴에서 『옵서버』 특파원으로 근무. 3-5월, 파리에서 어니스트 헤밍웨이를 만남. 3월, 아내 아일린 수술 중 사망. 8월, 『동물농장』 출간.

1946

2월, 『비평적 에세이』 출간. 런던을 떠나 아들과 함께 이너헤브리디스에 있는 주라 섬으로 이주. 『1984』 집필 시작. 병세 악화.

주라 섬 반힐에 있는 오웰의 집

1947

『트리뷴』에 칼럼 「내 뜻대로」 연재 시작. 12월, 폐결핵으로 글래스고 근처 이스트 킬브리지에 있는 헤어마이어스 병원에 입원.

소냐 브라우넬

1948

주라 섬으로 귀환. 12월, 『1984』 탈고.

1949

1월, 글로스터셔 군 크랜햄에 있는 요양원에 입원. 6월, 『1984』 출간. 9월, 런던의 유니버시티 병원에 입원. 10월, 소냐 브라우넬과 결혼.

오웰의 묘비

1950

1월, 유언장 작성. 1월 21일 유니버시티 병원에서 각혈하고 갑자기 사망. 옥스퍼드셔 서튼 코트네이에 묻힘.

참고 문헌

I. 조지 오웰의 작품

Orwell, George. *Down and Out in Paris and London*. London: Victor Gollancz, 1933.

_______. *Burmese Days*. New York: Harper & Brothers, 1934.

_______. *A Clergyman's Daughter*. London: Victor Gollancz, 1935.

_______. *Keep the Aspidistra Flying*. London: Victor Gollancz, 1936.

_______. *The Road to Wigan Pier*. London: Victor Gollancz, 1937.

_______. *Homage to Catalonia*. London: Secker and Warburg, 1938.

_______. *Coming Up for Air*. London: Victor Gollancz, 1939.

_______. *Animal Farm*. London: Secker and Warburg, 1945.

_______. *Nineteen Eighty-Four*. London: Secker and Warburg, 1949.

II. 조지 오웰에 관한 단행본 저서

Bounds, Philip. *Orwell and Marxism: The Political and Cultural Thinking of George Orwell*. London: I. B. Tauris. 2009.

Bowker, Gordon. *George Orwell*. Boston: Little Brown. 2003.

Buddicom, *Jacintha. Eric & Us*. Lodon: Finlay Publisher. 2006.

Caute, David. *Dr. Orwell and Mr. Blair*. London: Weidenfeld & Nicolson, 1995.

Crick, Bernard. *George Orwell: A Life*. London: Penguin. 1982.

Flynn, Nigel. *George Orwell*. Vero Beach: Rourke Corporation, 1990.

Hitchens, Christopher. *Why Orwell Matters*. New York: Basic Books, 2003.

Hollis, Christopher. *A Study of George Orwell: The Man and His Works*. Chicago: Henry Regnery, 1956.

Lee, Robert A. *Orwell's Fiction*. South Bend: University of Notre Dame Press, 1969.

Leif, Ruth Ann. *Homage to Oceania. The Prophetic Vision of George Orwell*. Columbus: Ohio State University Press, 1969.

Meyers, Jeffery. *Orwell: Wintry Conscience of a Generation*. New York: W. W. Norton. 2000.

Newsinger, John. Orwell's Politics. London: Macmillan, 1999.

Rodden, John. *George Orwell: The Politics of Literary Reputation*, rev. ed. New York: Oxford University Press, 2000.

_______, ed. *The Cambridge Companion to George Orwell*. Cambridge: Cambridge University Press, 2007.

Shelden, Michael. *Orwell: The Authorized Biography*. New York:

HarperCollins, 1991.

Smith, D., and Mosher, *M. Orwell for Beginners*. London: Writers and Readers Publishing Cooperative, 1984.

Taylor, D. J. Orwell: *The Life*. New York: Henry Holt, 2003.

West, W. J. *The Larger Evils*. Edinburgh: Canongate Press. 1992.

_______, ed. *George Orwell: The Lost Writings*. New York: Arbor House. 1984.

Williams, Raymond. *Orwell*. London: Fontana/Collins, 1971.

Woodcock, George. *The Crystal Spirit*. Boston: Little Brown. 1966.

Animal Farm

George Orwell

Original Text

I

Mr. Jones, of the Manor Farm, had locked the hen-houses for the night, but was too drunk to remember to shut the popholes. With the ring of light from his lantern dancing from side to side, he lurched across the yard, kicked off his boots at the back door, drew himself a last glass of beer from the barrel in the scullery, and made his way up to bed, where Mrs. Jones was already snoring.

As soon as the light in the bedroom went out there was a stirring and a fluttering all through the farm buildings. Word had gone round during the day that old Major, the prize Middle White boar, had had a strange dream on the previous night and wished to communicate it to the other animals. It had been agreed that they should all meet in the big barn as soon as Mr. Jones was safely out of the way. Old Major (so he was always called, though the name under which he had been exhibited was Willingdon Beauty) was so highly regarded on the farm that everyone was quite ready to lose an hour's sleep in order to hear what he had to say.

At one end of the big barn, on a sort of raised platform, Major was already ensconced on his bed of straw, under a lantern which hung from a beam. He was twelve years old and had lately grown rather stout, but he was still a majestic-looking pig, with a wise and benevolent appearance in spite of the fact that his tushes had never been cut. Before long the other animals began to arrive and make themselves comfortable after their different fashions. First came the three dogs, Bluebell, Jessie, and Pincher, and then the pigs, who settled down in the straw immediately in front of the platform. The hens perched themselves on the window-sills, the pigeons fluttered up to the rafters, the sheep and cows lay down behind the pigs and began to chew the cud. The two cart-horses, Boxer and Clover, came in together, walking very slowly and setting down their vast hairy hoofs with great care lest there should be some small animal concealed in the straw. Clover was a stout motherly mare approaching middle life, who had never quite got her figure back after her fourth foal. Boxer was an enormous beast, nearly eighteen hands high, and as strong as any two ordinary horses put together. A white stripe down his nose gave him a somewhat stupid appearance, and in fact he was not of first-rate intelligence, but he was universally respected for his steadiness of character and tremendous powers of work. After the horses came Muriel, the white goat, and Benjamin, the donkey. Benjamin was the oldest animal on the farm, and the worst tempered. He seldom talked, and when he did, it was usually to make some cynical remark — for instance, he would say that God had given him a tail to keep the flies off, but that he would sooner have had no tail and no flies. Alone among the animals on the farm he never laughed. If asked why, he would say that he saw nothing to laugh at. Nevertheless, without openly admitting it, he was devoted to Boxer; the two of them usually spent their Sundays together in the small paddock beyond the orchard, grazing side by side and never speaking.

The two horses had just lain down when a brood of ducklings, which had lost their mother, filed into the barn, cheeping feebly and wandering from side to side to find some place where they would not be trodden on. Clover made a sort of wall round them with her great foreleg, and the ducklings nestled down inside it and promptly fell asleep. At the last moment Mollie, the foolish, pretty white mare who drew Mr. Jones's trap, came mincing daintily in, chewing at a lump of sugar. She took a place near the front and began flirting her white mane, hoping to draw attention to the red ribbons it was plaited with. Last of all came the cat, who looked round, as usual, for the warmest place, and finally squeezed herself in between Boxer and Clover; there she purred contentedly throughout Major's speech without listening to a word of what he was saying.

All the animals were now present except Moses, the tame raven, who slept on a perch behind the back door. When Major saw that they had all made themselves comfortable and were waiting attentively, he cleared his throat and began:

"Comrades, you have heard already about the strange dream that I had last night. But I will come to the dream later. I have something else to say first. I do not think, comrades, that I shall be with you for many months longer, and before I die, I feel it my duty to pass on to you such wisdom as I have acquired. I have had a long life, I have had much time for thought as I lay alone in my stall, and I think I may say that I understand the nature of life on this earth as well as any animal now living. It is about this that I wish to speak to you.

"Now, comrades, what is the nature of this life of ours? Let us face it: our lives are miserable, laborious, and short. We are born, we are given just so much food as will keep the breath in our bodies, and those of us who are capable of it are forced to work to the last atom of our strength; and the very instant that our usefulness has come to an end we are slaughtered with hideous cruelty. No animal in England knows the meaning of happiness or leisure after he is a year old. No animal in England is free. The life of an animal is misery and slavery: that is the plain truth.

"But is this simply part of the order of nature? Is it because this land of ours is so poor that it cannot afford a decent life to those who dwell upon it? No, comrades, a thousand times no! The soil of England is fertile, its climate is good, it is capable of affording food in abundance to an enormously greater number of animals than now inhabit it. This single farm of ours would support a dozen horses, twenty cows, hundreds of sheep — and all of them living in a comfort and a dignity that are now almost beyond our imagining. Why then do we continue in this miserable condition? Because nearly the whole of the produce of our labour is stolen from us by human beings. There, comrades, is the answer to all our problems. It is summed up in a single word — Man. Man is the only real enemy we have. Remove Man from the scene, and the root cause of hunger and overwork is abolished for ever.

"Man is the only creature that consumes without producing. He does not give milk, he does not lay eggs, he is too weak to pull the plough, he cannot run fast enough to catch rabbits. Yet he is lord of all the animals. He sets them to work, he gives back to them the bare minimum that will prevent them from starving, and the rest he keeps for himself. Our labour tills the soil, our dung fertilises it, and yet there is not one of us that owns more than his bare skin. You cows that I see before me, how many thousands of gallons of milk have you given during this last year? And what has happened to that milk which should have been breeding up sturdy calves? Every drop of it has gone down the throats of our enemies. And you hens, how many eggs have you laid in this last year, and how many of those eggs ever hatched into chickens? The rest have all gone to market to bring in money for Jones and his men. And you, Clover, where are those four foals you bore, who should have been the support and pleasure of your old age? Each was sold at a year old — you will never see one of them again. In return for your four confinements and all your labour in the fields, what have you ever had except your bare rations and a stall?

"And even the miserable lives we lead are not allowed to reach their natural span. For myself I do not grumble, for I am one of the lucky ones. I am twelve years old and have had over four hundred children. Such is the natural life of a pig. But no animal escapes the cruel knife in the end. You young porkers who are sitting in front of me, every one of you will scream your lives out at the block within a year. To that horror we all must come — cows, pigs, hens, sheep, everyone. Even the horses and the dogs have no better fate. You, Boxer, the very day that those great muscles of yours lose their power, Jones will sell you to the knacker, who will cut your throat and boil you down for the foxhounds. As for the dogs, when they grow old and toothless, Jones ties a brick round their necks and drowns them in the nearest pond.

"Is it not crystal clear, then, comrades, that all the evils of this life of ours spring from the tyranny of human beings? Only get rid of Man, and the produce of our labour would be our own. A1most overnight we could become rich and free. What then must we do? Why, work night and day, body and soul, for the overthrow of the human race! That is my message to you, comrades: Rebellion! I do not know when that Rebellion will come, it might be in a week or in a hundred years, but I know, as surely as I see this straw beneath my feet, that sooner or later justice will be done. Fix your eyes on that, comrades, throughout the short remainder of your lives! And above all, pass on this message of mine to those who come after you, so that future generations shall carry on the struggle until it is victorious.

"And remember, comrades, your resolution must never falter. No argument must lead you astray. Never listen when they tell you that Man and the animals have a common interest, that the prosperity of the one is the prosperity of the others. It is all lies. Man serves the interests of no creature except himself. And among us animals let there be perfect unity, perfect comradeship in the struggle. All men are enemies. All animals are comrades."

At this moment there was a tremendous uproar. While Major was speaking four large rats had crept out of their holes and were sitting on their hindquarters, listening to him. The dogs had suddenly caught sight of them, and it was only by a swift dash for their holes that the rats saved their lives. Major raised his trotter for silence.

"Comrades," he said, "here is a point that must be settled. The wild creatures, such as rats and rabbits — are they our friends or our enemies? Let us put it to the vote. I propose this question to the meeting: Are rats comrades?"

The vote was taken at once, and it was agreed by an overwhelming majority that rats were comrades. There were only four dissentients, the three dogs and the cat, who was afterwards discovered to have voted on both sides. Major continued:

"I have little more to say. I merely repeat, remember always your duty of enmity towards Man and all his ways. Whatever goes upon two legs is an enemy. Whatever goes upon four legs, or has wings, is a friend. And remember also that in fighting against Man, we must not come to resemble him. Even when you have conquered him, do not adopt his vices. No animal must ever live in a house, or sleep in a bed, or wear clothes, or drink alcohol, or smoke tobacco, or touch money, or engage in trade. All the habits of Man are evil. And, above all, no animal must ever tyrannise over his own kind. Weak or strong, clever or simple, we are all brothers. No animal must ever kill any other animal. All animals are equal.

"And now, comrades, I will tell you about my dream of last night. I cannot describe that dream to you. It was a dream of the earth as it will be when Man has vanished. But it reminded me of something that I had long forgotten. Many years ago, when I was a little pig, my mother and the other sows used to sing an old song of which they knew only the tune and the first three words. I had known that tune in my infancy, but it had long since passed out of my mind. Last night, however, it came back to me in my dream. And what is more, the words of the song also came back – words, I am certain, which were sung by the animals of long ago and have been lost to memory for generations. I will sing you that song now, comrades. I am old and my voice is hoarse, but when I have taught you the tune, you can sing it better for yourselves. It is called Beasts of England."

Old Major cleared his throat and began to sing. As he had said, his voice was hoarse, but he sang well enough, and it was a stirring tune, something between Clementine and La Cucaracha. The words ran:

Beasts of England, beasts of Ireland,
Beasts of every land and clime,
Hearken to my joyful tidings
Of the golden future time.

Soon or late the day is coming,
Tyrant Man shall be o'erthrown,
And the fruitful fields of England
Shall be trod by beasts alone.

Rings shall vanish from our noses,
And the harness from our back,
Bit and spur shall rust forever,
Cruel whips no more shall crack.

Riches more than mind can picture,
Wheat and barley, oats and hay,
Clover, beans, and mangel-wurzels
Shall be ours upon that day.

Bright will shine the fields of England,
Purer shall its waters be,
Sweeter yet shall blow its breezes
On the day that sets us free.

For that day we all must labour,
Though we die before it break;
Cows and horses, geese and turkeys,

All must toil for freedom's sake.
Beasts of England, beasts of Ireland,
Beasts of every land and clime,
Hearken well and spread my tidings
Of the golden future time.

The singing of this song threw the animals into the wildest excitement. Almost before Major had reached the end, they had begun singing it for themselves. Even the stupidest of them had already picked up the tune and a few of the words, and as for the clever ones, such as the pigs and dogs, they had the entire song by heart within a few minutes. And then, after a few preliminary tries, the whole farm burst out into Beasts of England in tremendous unison. The cows lowed it, the dogs whined it, the sheep bleated it, the horses whinnied it, the ducks quacked it. They were so delighted with the song that they sang it right through five times in succession, and might have continued singing it all night if they had not been interrupted.

Unfortunately, the uproar awoke Mr. Jones, who sprang out of bed, making sure that there was a fox in the yard. He seized the gun which always stood in a corner of his bedroom, and let fly a charge of number 6 shot into the darkness. The pellets buried themselves in the wall of the barn and the meeting broke up hurriedly. Everyone fled to his own sleeping-place. The birds jumped on to their perches, the animals settled down in the straw, and the whole farm was asleep in a moment.

II

Three nights later old Major died peacefully in his sleep. His body was buried at the foot of the orchard.

This was early in March. During the next three months there was much secret activity. Major's speech had given to the more intelligent animals on the farm a completely new outlook on life. They did not know when the Rebellion predicted by Major would take place, they had no reason for thinking that it would be within their own lifetime, but they saw clearly that it was their duty to prepare for it. The work of teaching and organising the others fell naturally upon the pigs, who were generally recognised as being the cleverest of the animals. Pre-eminent among the pigs were two young boars named Snowball and Napoleon, whom Mr. Jones was breeding up for sale. Napoleon was a large, rather fierce-looking Berkshire boar, the only Berkshire on the farm, not much of a talker, but with a reputation for getting his own way. Snowball was a more vivacious pig than Napoleon, quicker in speech and more inventive, but was not considered to have the same depth of character. All the other male pigs on the farm were porkers. The best known among them was a small fat pig named Squealer, with very round cheeks, twinkling eyes, nimble movements, and a shrill voice. He was a brilliant talker, and when he was arguing some difficult point he had a way of skipping from side to side and whisking his tail which was somehow very persuasive. The others said of Squealer that he could turn black into white.

These three had elaborated old Major's teachings into a complete system of thought, to which they gave the name of Animalism. Several nights a week, after Mr. Jones was asleep, they held secret meetings in the barn and expounded the principles of Animalism to the others. At the beginning they met with much stupidity and apathy. Some of the animals talked of the duty of loyalty to Mr. Jones, whom they referred to as "Master," or made elementary remarks such as "Mr. Jones feeds us. If he were gone, we should starve to death." Others asked such questions as "Why should we care what happens after we are dead?" or "If this Rebellion is to happen anyway, what difference does it make whether we work for it or not?", and the pigs had great difficulty in making them see that this was contrary to the spirit of Animalism. The stupidest questions of all were asked by Mollie, the white mare. The very first question she asked Snowball was: "Will there still be sugar after the Rebellion? "

"No," said Snowball firmly. "We have no means of making sugar on this farm. Besides, you do not need sugar. You will have all the oats and hay you want."

"And shall I still be allowed to wear ribbons in my mane?" asked Mollie.

"Comrade," said Snowball, "those ribbons that you are so devoted to are the badge of slavery. Can you not understand that liberty is worth more than ribbons?"

Mollie agreed, but she did not sound very convinced.

The pigs had an even harder struggle to counteract the lies put about by Moses, the tame raven. Moses, who was Mr. Jones's especial pet, was a spy and a tale-bearer, but he was also a clever talker. He claimed to know of the existence of a mysterious country called Sugarcandy Mountain, to which all animals went when they died. It was situated somewhere up in the sky, a little distance beyond the clouds, Moses said. In Sugarcandy Mountain it was Sunday seven days a week, clover was in season all the year round, and lump sugar and linseed cake grew on the hedges. The animals hated Moses because he told tales and did no work, but some of them believed in Sugarcandy Mountain, and the pigs had to argue very hard to persuade them that there was no such place.

Their most faithful disciples were the two cart-horses, Boxer and Clover. These two had great difficulty in thinking anything out for themselves, but having once accepted the pigs as their teachers, they absorbed everything that they were told, and passed it on to the other animals by simple arguments. They were unfailing in their attendance at the secret meetings in the barn, and led the singing of Beasts of England, with which the meetings always ended.

Now, as it turned out, the Rebellion was achieved much earlier and more easily than anyone had expected. In past years Mr. Jones, although a hard master, had been a capable farmer, but of late he had fallen on evil days. He had become much disheartened after losing money in a lawsuit, and had taken to drinking more than was good for him. For whole days at a time he would lounge in his Windsor chair in the kitchen, reading the newspapers, drinking, and occasionally feeding Moses on crusts of bread soaked in beer. His men were idle and dishonest, the fields were full of weeds, the buildings wanted roofing, the hedges were neglected, and the animals were underfed.

June came and the hay was almost ready for cutting. On Midsummer's Eve, which was a Saturday, Mr. Jones went into Willingdon and got so drunk at the Red Lion that he did not come back till midday on Sunday. The men had milked the cows in the early morning and then had gone out rabbiting, without bothering to feed the animals. When Mr. Jones got back he immediately went to sleep on the drawing-room sofa with the News of the World over his face, so that when evening came, the animals were still unfed. At last they could stand it no longer. One of the cows broke in the door of the store-shed with her horn and all the animals began to help themselves from the bins. It was just then that Mr. Jones woke up. The next moment he and his four men were in the store-shed with whips in their hands, lashing out in all directions. This was more than the hungry animals could bear. With one accord, though nothing of the kind had been planned beforehand, they flung themselves upon their tormentors. Jones and his men suddenly found themselves being butted and kicked from all sides. The situation was quite out of their control. They had never seen animals behave like this before, and this sudden uprising of creatures whom they were used to thrashing and maltreating just as they chose, frightened them almost out of their wits. After only a moment or two they gave up trying to defend themselves and took to their heels. A minute later all five of them were in full flight down the cart-track that led to the main road, with the animals pursuing them in triumph.

Mrs. Jones looked out of the bedroom window,

saw what was happening, hurriedly flung a few possessions into a carpet bag, and slipped out of the farm by another way. Moses sprang off his perch and flapped after her, croaking loudly. Meanwhile the animals had chased Jones and his men out on to the road and slammed the five-barred gate behind them. And so, almost before they knew what was happening, the Rebellion had been successfully carried through: Jones was expelled, and the Manor Farm was theirs.

For the first few minutes the animals could hardly believe in their good fortune. Their first act was to gallop in a body right round the boundaries of the farm, as though to make quite sure that no human being was hiding anywhere upon it; then they raced back to the farm buildings to wipe out the last traces of Jones's hated reign. The harness-room at the end of the stables was broken open; the bits, the nose-rings, the dog-chains, the cruel knives with which Mr. Jones had been used to castrate the pigs and lambs, were all flung down the well. The reins, the halters, the blinkers, the degrading nosebags, were thrown on to the rubbish fire which was burning in the yard. So were the whips. All the animals capered with joy when they saw the whips going up in flames. Snowball also threw on to the fire the ribbons with which the horses' manes and tails had usually been decorated on market days.

"Ribbons," he said, "should be considered as clothes, which are the mark of a human being. All animals should go naked."

When Boxer heard this he fetched the small straw hat which he wore in summer to keep the flies out of his ears, and flung it on to the fire with the rest.

In a very little while the animals had destroyed everything that reminded them of Mr. Jones. Napoleon then led them back to the store-shed and served out a double ration of corn to everybody, with two biscuits for each dog. Then they sang Beasts of England from end to end seven times running, and after that they settled down for the night and slept as they had never slept before.

But they woke at dawn as usual, and suddenly remembering the glorious thing that had happened, they all raced out into the pasture together. A little way down the pasture there was a knoll that commanded a view of most of the farm. The animals rushed to the top of it and gazed round them in the clear morning light. Yes, it was theirs – everything that they could see was theirs! In the ecstasy of that thought they gambolled round and round, they hurled themselves into the air in great leaps of excitement.They rolled in the dew, they cropped mouthfuls of the sweet summer grass, they kicked up clods of the black earth and snuffed its rich scent. Then they made a tour of inspection of the whole farm and surveyed with speechless admiration the ploughland, the hayfield, the orchard, the pool, the spinney. It was as though they had never seen these things before, and even now they could hardly believe that it was all their own.

Then they filed back to the farm buildings and halted in silence outside the door of the farmhouse. That was theirs too, but they were frightened to go inside. After a moment, however, Snowball and Napoleon butted the door open with their shoulders and the animals entered in single file, walking with the utmost care for fear of disturbing anything. They tiptoed from room to room, afraid to speak above a whisper and gazing with a kind of awe at the unbelievable luxury, at the beds with their feather mattresses, the looking-glasses, the horsehair sofa, the Brussels carpet, the lithograph of Queen Victoria over the drawing-room mantelpiece. They were lust coming down the stairs when Mollie was discovered to be missing. Going back, the others found that she had remained behind in the best bedroom. She had taken a piece of blue ribbon from Mrs. Jones's dressing-table, and was holding it against her shoulder and admiring herself in the glass in a very foolish manner. The others reproached her sharply, and they went outside. Some hams hanging in the kitchen were taken out for burial, and the barrel of beer in the scullery was stove in with a kick from

Boxer's hoof, — otherwise nothing in the house was touched. A unanimous resolution was passed on the spot that the farmhouse should be preserved as a museum. All were agreed that no animal must ever live there.

The animals had their breakfast, and then Snowball and Napoleon called them together again.

"Comrades," said Snowball, "it is half-past six and we have a long day before us. Today we begin the hay harvest. But there is another matter that must be attended to first."

The pigs now revealed that during the past three months they had taught themselves to read and write from an old spelling book which had belonged to Mr. Jones's children and which had been thrown on the rubbish heap. Napoleon sent for pots of black and white paint and led the way down to the five-barred gate that gave on to the main road. Then Snowball (for it was Snowball who was best at writing) took a brush between the two knuckles of his trotter, painted out MANOR FARM from the top bar of the gate and in its place painted ANIMAL FARM. This was to be the name of the farm from now onwards. After this they went back to the farm buildings, where Snowball and Napoleon sent for a ladder which they caused to be set against the end wall of the big barn. They explained that by their studies of the past three months the pigs had succeeded in reducing the principles of Animalism to Seven Commandments. These Seven Commandments would now be inscribed on the wall; they would form an unalterable law by which all the animals on Animal Farm must live for ever after. With some difficulty (for it is not easy for a pig to balance himself on a ladder) Snowball climbed up and set to work, with Squealer a few rungs below him holding the paint-pot. The Commandments were written on the tarred wall in great white letters that could be read thirty yards away. They ran thus:

THE SEVEN COMMANDMENTS

1. Whatever goes upon two legs is an enemy.
2. Whatever goes upon four legs, or has wings, is a friend.
3. No animal shall wear clothes.
4. No animal shall sleep in a bed.
5. No animal shall drink alcohol.
6. No animal shall kill any other animal.
7. All animals are equal.

It was very neatly written, and except that "friend" was written "freind" and one of the "S's" was the wrong way round, the spelling was correct all the way through. Snowball read it aloud for the benefit of the others. All the animals nodded in complete agreement, and the cleverer ones at once began to learn the Commandments by heart.

"Now, comrades," cried Snowball, throwing down the paint-brush, "to the hayfield! Let us make it a point of honour to get in the harvest more quickly than Jones and his men could do."

But at this moment the three cows, who had seemed uneasy for some time past, set up a loud lowing. They had not been milked for twenty-four hours, and their udders were almost bursting. After a little thought, the pigs sent for buckets and milked the cows fairly successfully, their trotters being well adapted to this task. Soon there were five buckets of frothing creamy milk at which many of the animals looked with considerable interest.

"What is going to happen to all that milk?" said someone.

"Jones used sometimes to mix some of it in our mash," said one of the hens.

"Never mind the milk, comrades!" cried Napoleon, placing himself in front of the buckets. "That will be attended to. The harvest is more important. Comrade Snowball will lead the way. I shall follow in a few minutes. Forward, comrades! The hay is waiting."

So the animals trooped down to the hayfield to begin the harvest, and when they came back in the evening it was noticed that the milk had disappeared.

III

How they toiled and sweated to get the hay in! But their efforts were rewarded, for the harvest was an even bigger success than they had hoped.

Sometimes the work was hard; the implements had been designed for human beings and not for animals, and it was a great drawback that no animal was able to use any tool that involved standing on his hind legs. But the pigs were so clever that they could think of a way round every difficulty. As for the horses, they knew every inch of the field, and in fact understood the business of mowing and raking far better than Jones and his men had ever done. The pigs did not actually work, but directed and supervised the others. With their superior knowledge it was natural that they should assume the leadership. Boxer and Clover would harness themselves to the cutter or the horse-rake (no bits or reins were needed in these days, of course) and tramp steadily round and round the field with a pig walking behind and calling out "Gee up, comrade!" or "Whoa back, comrade!" as the case might be. And every animal down to the humblest worked at turning the hay and gathering it. Even the ducks and hens toiled to and fro all day in the sun, carrying tiny wisps of hay in their beaks. In the end they finished the harvest in two days' less time than it had usually taken Jones and his men. Moreover, it was the biggest harvest that the farm had ever seen. There was no wastage whatever; the hens and ducks with their sharp eyes had gathered up the very last stalk. And not an animal on the farm had stolen so much as a mouthful.

All through that summer the work of the farm went like clockwork. The animals were happy as they had never conceived it possible to be. Every mouthful of food was an acute positive pleasure, now that it was truly their own food, produced by themselves and for themselves, not doled out to them by a grudging master. With the worthless parasitical human beings gone, there was more for everyone to eat. There was more leisure too, inexperienced though the animals were. They met with many difficulties — for instance, later in the year, when they harvested the corn, they had to tread it out in the ancient style and blow away the chaff with their breath, since the farm possessed no threshing machine — but the pigs with their cleverness and Boxer with his tremendous muscles always pulled them through. Boxer was the admiration of everybody. He had been a hard worker even in Jones's time, but now he seemed more like three horses than one; there were days when the entire work of the farm seemed to rest on his mighty shoulders. From morning to night he was pushing and pulling, always at the spot where the work was hardest. He had made an arrangement with one of the cockerels to call him in the mornings half an hour earlier than anyone else, and would put in some volunteer labour at whatever seemed to be most needed, before the regular day's work began. His answer to every problem, every setback, was "I will work harder!" — which he had adopted as his personal motto.

But everyone worked according to his capacity The hens and ducks, for instance, saved five bushels of corn at the harvest by gathering up the stray grains. Nobody stole, nobody grumbled over his rations, the quarrelling and biting and jealousy which had been normal features of life in the old days had almost disappeared. Nobody shirked — or almost nobody. Mollie, it was true, was not good at getting up in the mornings, and had a way of leaving work early on the ground that there was a stone in her hoof. And the behaviour of the cat was somewhat peculiar. It was soon noticed that when there was work to be done the cat could never be found. She would vanish for hours on end, and then reappear at meal-times, or in the evening after work was over, as though nothing had happened. But she always made such excellent excuses, and purred so affectionately, that it was impossible not to believe in her good intentions. Old Benjamin, the donkey, seemed quite unchanged since the Rebellion. He did his work in the same slow obstinate way as he had done it in Jones's time, never shirking and never volunteering for extra work either. About the Rebellion and its results he would express no opinion. When asked whether he was not happier now that Jones was gone, he would say only "Donkeys live a long time. None of you has ever seen a dead donkey," and the others had to be content with this cryptic answer.

On Sundays there was no work. Breakfast was an hour later than usual, and after breakfast there was a ceremony which was observed every week without fail. First came the hoisting of the flag. Snowball had found in the harness-room an old green tablecloth of Mrs. Jones's and had painted on it a hoof and a horn in white. This was run up the flagstaff in the farmhouse garden every Sunday 8, morning. The flag was green, Snowball explained, to represent the green fields of England, while the hoof and horn signified the future Republic of the Animals which would arise when the human race had been finally overthrown. After the hoisting of the flag all the animals trooped into the big barn for a general assembly which was known as the Meeting. Here the work of the coming week was planned out and resolutions were put forward and debated. It was always the pigs who put forward the resolutions. The other animals understood how to vote, but could never think of any resolutions of their own. Snowball and Napoleon were by far the most active in the debates. But it was noticed that these two were never in agreement: whatever suggestion either of them made, the other could be counted on to oppose it. Even when it was resolved — a thing no one could object to in itself — to set aside the small paddock behind the orchard as a home of rest for animals who were past work, there was a stormy debate over the correct retiring age for each class of animal. The Meeting always ended with the singing of Beasts of England, and the afternoon was given up to recreation.

The pigs had set aside the harness-room as a headquarters for themselves. Here, in the evenings, they studied blacksmithing, carpentering, and other necessary arts from books which they had brought out of the farmhouse. Snowball also busied himself with organising the other animals into what he called Animal Committees. He was indefatigable at this. He formed the Egg Production Committee for the hens, the Clean Tails League for the cows, the Wild Comrades' Re-education Committee (the object of this was to tame the rats and rabbits), the Whiter Wool Movement for the sheep, and various others, besides instituting classes in reading and writing. On the whole, these projects were a failure. The attempt to tame the wild creatures, for instance, broke down almost immediately. They continued to behave very much as before, and when treated with generosity, simply took advantage of it. The cat joined the Re-education Committee and was very active in it for some days. She was seen one day sitting on a roof and talking to some sparrows who were just out of her reach. She was telling them that all animals were now comrades and that any sparrow who chose could come and perch on her paw; but the sparrows kept their distance.

The reading and writing classes, however, were a great success. By the autumn almost every animal on the farm was literate in some degree.

As for the pigs, they could already read and write perfectly. The dogs learned to read fairly well, but were not interested in reading anything except the Seven Commandments. Muriel, the goat, could read somewhat better than the dogs, and sometimes used to read to the others in the evenings from scraps of newspaper which she found on the rubbish heap. Benjamin could read as well as any pig, but never exercised his faculty. So far as he knew, he said, there was nothing worth reading. Clover learnt the whole alphabet, but could not put words together. Boxer could not get beyond the letter D. He would trace out A, B, C, D, in the dust with his great hoof, and then would stand staring at the letters with his ears back, sometimes shaking his forelock, trying with all his might to remember what came next and never succeeding. On several occasions, indeed, he did learn E, F, G, H, but by the time he knew them, it was always discovered that he had forgotten A, B, C, and D. Finally he decided to be content with the first four letters, and used to write them out once or twice every day to refresh his memory. Mollie refused to learn any but the six letters which spelt her own name. She would form these very neatly out of pieces of twig, and would then decorate them with a flower or two and walk round them admiring them.

None of the other animals on the farm could get further than the letter A. It was also found that the stupider animals, such as the sheep, hens, and ducks, were unable to learn the Seven Commandments by heart. After much thought Snowball declared that the Seven Commandments could in effect be reduced to a single maxim, namely: "Four legs good, two legs bad." This, he said, contained the essential principle of Animalism. Whoever had thoroughly grasped it would be safe from human influences. The birds at first objected, since it seemed to them that they also had two legs, but Snowball proved to them that this was not so.

"A bird's wing, comrades," he said, "is an organ of propulsion and not of manipulation. It should therefore be regarded as a leg. The distinguishing mark of man is the hand, the instrument with which he does all his mischief."

The birds did not understand Snowball's long words, but they accepted his explanation, and all the humbler animals set to work to learn the new maxim by heart. FOUR LEGS GOOD, TWO LEGS BAD, was inscribed on the end wall of the barn, above the Seven Commandments and in bigger letters When they had once got it by heart, the sheep developed a great liking for this maxim, and often as they lay in the field they would all start bleating "Four legs good, two legs bad! Four legs good, two legs bad!" and keep it up for hours on end, never growing tired of it.

Napoleon took no interest in Snowball's committees. He said that the education of the young was more important than anything that could be done for those who were already grown up. It happened that Jessie and Bluebell had both whelped soon after the hay harvest, giving birth between them to nine sturdy puppies. As soon as they were weaned, Napoleon took them away from their mothers, saying that he would make himself responsible for their education. He took them up into a loft which could only be reached by a ladder from the harness-room, and there kept them in such seclusion that the rest of the farm soon forgot their existence.

The mystery of where the milk went to was soon cleared up. It was mixed every day into the pigs' mash. The early apples were now ripening, and the grass of the orchard was littered with windfalls. The animals had assumed as a matter of course that these would be shared out equally; one day, however, the order went forth that all the windfalls were to be collected and brought to the harness-room for the use of the pigs. At this some of the other animals murmured, but it was no use. All the pigs were in full agreement on this point, even Snowball and Napoleon. Squealer was sent to make the necessary explanations to the others.

"Comrades!" he cried. "You do not imagine, I hope, that we pigs are doing this in a spirit of selfishness and privilege? Many of us actually dislike milk and apples. I dislike them myself. Our sole object in taking these things is to preserve our health. Milk and apples (this has been proved by Science, comrades) contain substances absolutely necessary to the well-being of a pig. We pigs are brainworkers. The whole management and organisation of this farm depend on us. Day and night we are watching over your welfare. It is for your sake that we drink that milk and eat those apples. Do you know what would happen if we pigs failed in our duty? Jones would come back! Yes, Jones would come back! Surely, comrades," cried Squealer almost pleadingly, skipping from side to side and whisking his tail, "surely there is no one among you who wants to see Jones come back?"

Now if there was one thing that the animals were completely certain of, it was that they did not want Jones back. When it was put to them in this light, they had no more to say. The importance of keeping the pigs in good health was all too obvious. So it was agreed without further argument that the milk and the windfall apples (and also the main crop of apples when they ripened) should be reserved for the pigs alone.

IV

By the late summer the news of what had happened on Animal Farm had spread across half the county. Every day Snowball and Napoleon sent out flights of pigeons whose instructions were to mingle with the animals on neighbouring farms, tell them the story of the Rebellion, and teach them the tune of Beasts of England.

Most of this time Mr. Jones had spent sitting in the taproom of the Red Lion at Willingdon, complaining to anyone who would listen of the monstrous injustice he had suffered in being turned out of his property by a pack of good-for-nothing animals. The other farmers sympathised in principle, but they did not at first give him much help. At heart, each of them was secretly wondering whether he could not somehow turn Jones's misfortune to his own advantage. It was lucky that the owners of the two farms which adjoined Animal Farm were on permanently bad terms. One of them, which was named Foxwood, was a large, neglected, old-fashioned farm, much overgrown by woodland, with all its pastures worn out and its hedges in a disgraceful condition. Its owner, Mr. Pilkington, was an easy-going gentleman farmer who spent most of his time in fishing or hunting according to the season. The other farm, which was called Pinchfield, was smaller and better kept. Its owner was a Mr. Frederick, a tough, shrewd man, perpetually involved in lawsuits and with a name for driving hard bargains. These two disliked each other so much that it was difficult for them to come to any agreement, even in defence of their own interests.

Nevertheless, they were both thoroughly frightened by the rebellion on Animal Farm, and very anxious to prevent their own animals from learning too much about it. At first they pretended to laugh to scorn the idea of animals managing a farm for themselves. The whole thing would be over in a fortnight, they said. They put it about that the animals on the Manor Farm (they insisted on calling it the Manor Farm; they would not tolerate the name "Animal Farm") were perpetually fighting among themselves and were also rapidly starving to death. When time passed and the animals had evidently not starved to death, Frederick and Pilkington changed their tune and began to talk of the terrible wickedness that now flourished on Animal Farm. It was given out that the animals there practised cannibalism, tortured one another with red-hot horseshoes, and had their females in common. This was what came of rebelling against the laws of Nature, Frederick and Pilkington said.

However, these stories were never fully believed. Rumours of a wonderful farm, where the human beings had been turned out and the animals managed their own affairs, continued to circulate in vague and distorted forms, and throughout that year a wave of rebelliousness ran through the countryside. Bulls which had always been tractable suddenly turned savage, sheep broke down hedges and devoured the clover, cows kicked the pail over, hunters refused their fences and shot their riders on to the other side. Above all, the tune and even the words of Beasts of England were known everywhere. It had spread with astonishing speed. The human beings could not contain their rage when they heard this song, though they pretended to think it merely ridiculous. They could not understand, they said, how even animals could bring themselves to sing such contemptible rubbish. Any animal caught singing it was given a flogging on the spot. And yet the song was irrepressible. The blackbirds whistled it in the hedges, the pigeons cooed it in the elms, it got into the din of the smithies and the tune of the church bells. And when the human beings listened to it, they secretly trembled, hearing in it a prophecy of their future doom.

Early in October, when the corn was cut and stacked and some of it was already threshed, a flight of pigeons came whirling through the air and alighted in the yard of Animal Farm in the wildest excitement. Jones and all his men, with half a dozen others from Foxwood and Pinchfield, had entered the five-barred gate and were coming up the cart-track that led to the farm. They were all carrying sticks, except Jones, who was marching ahead with a gun in his hands. Obviously they were going to attempt the recapture of the farm.

This had long been expected, and all preparations had been made. Snowball, who had studied an old book of Julius Caesar's campaigns which he had found in the farmhouse, was in charge of the defensive operations. He gave his orders quickly, and in a couple of minutes every animal was at his post.

As the human beings approached the farm buildings, Snowball launched his first attack. All the pigeons, to the number of thirty-five, flew to and fro over the men's heads and muted upon them from mid-air; and while the men were dealing with this, the geese, who had been hiding behind the hedge, rushed out and pecked viciously at the calves of their legs. However, this was only a light skirmishing manoeuvre, intended to create a little disorder, and the men easily drove the geese off with their sticks. Snowball now launched his second line of attack. Muriel, Benjamin, and all the sheep, with Snowball at the head of them, rushed forward and prodded and butted the men from every side, while Benjamin turned around and lashed at them with his small hoofs. But once again the men, with their sticks and their hobnailed boots, were too strong for them; and suddenly, at a squeal from Snowball, which was the signal for retreat, all the animals turned and fled through the gateway into the yard.

The men gave a shout of triumph. They saw, as they imagined, their enemies in flight, and they rushed after them in disorder. This was just what Snowball had intended. As soon as they were well inside the yard, the three horses, the three cows, and the rest of the pigs, who had been lying in ambush in the cowshed, suddenly emerged in their rear, cutting them off. Snowball now gave the signal for the charge. He himself dashed straight for Jones. Jones saw him coming, raised his gun and fired. The pellets scored bloody streaks along Snowball's back, and a sheep dropped dead. Without halting for an instant, Snowball flung his fifteen stone against Jones's legs. Jones was hurled into a pile of dung and his gun flew out of his hands. But the most terrifying spectacle of all was Boxer, rearing up on his hind legs and striking out with his great iron-shod hoofs like a stallion. His very first blow took a stable-lad from Foxwood on the skull and stretched him lifeless in the mud. At the sight, several men dropped their sticks and tried to run. Panic overtook them, and the next moment all the animals together were chasing them round and round the yard. They were gored, kicked, bitten, trampled on. There was not an animal on the farm that did not take vengeance on them after his own fashion. Even the cat suddenly leapt off a roof onto a cowman's shoulders and sank her claws in his neck, at which he yelled horribly. At a moment when the opening was clear, the men were glad enough to rush out of the yard and make a bolt for the main road. And so within five minutes of their invasion they were in ignominious retreat by the same way as they had come, with a flock of geese hissing after them and pecking at their calves all the way.

All the men were gone except one. Back in the yard Boxer was pawing with his hoof at the stable-lad who lay face down in the mud, trying to turn him over. The boy did not stir.

"He is dead," said Boxer sorrowfully. "I had no intention of doing that. I forgot that I was wearing iron shoes. Who will believe that I did not do this on purpose?"

"No sentimentality, comrade!" cried Snowball from whose wounds the blood was still dripping. "War is war. The only good human being is a dead one."

"I have no wish to take life, not even human life," repeated Boxer, and his eyes were full of tears.

"Where is Mollie?" exclaimed somebody.

Mollie in fact was missing. For a moment there was great alarm; it was feared that the men might have harmed her in some way, or even carried her off with them. In the end, however, she was found hiding in her stall with her head buried among the hay in the manger. She had taken to flight as soon as the gun went off. And when the others came back from looking for her, it was to find that the stable-lad, who in fact was only stunned, had already recovered and made off.

The animals had now reassembled in the wildest excitement, each recounting his own exploits in the battle at the top of his voice. An impromptu celebration of the victory was held immediately. The flag was run up and Beasts of England was sung a number of times, then the sheep who had been killed was given a solemn funeral, a hawthorn bush being planted on her grave. At the graveside Snowball made a little speech, emphasising the need for all animals to be ready to die for Animal Farm if need be.

The animals decided unanimously to create a military decoration, "Animal Hero, First Class," which was conferred there and then on Snowball and Boxer. It consisted of a brass medal (they were really some old horse-brasses which had been found in the harness-room), to be worn on Sundays and holidays. There was also "Animal Hero, Second Class," which was conferred posthumously on the dead sheep.

There was much discussion as to what the battle should be called. In the end, it was named the Battle of the Cowshed, since that was where the ambush had been sprung. Mr. Jones's gun had been found lying in the mud, and it was known that there was a supply of cartridges in the farmhouse. It was decided to set the gun up at the foot of the Flagstaff, like a piece of artillery, and to fire it twice a year — once on October the twelfth, the anniversary of the Battle of the Cowshed, and once on Midsummer Day, the anniversary of the Rebellion.

V

As winter drew on, Mollie became more and more troublesome. She was late for work every morning and excused herself by saying that she had overslept, and she complained of mysterious pains, although her appetite was excellent. On every kind of pretext she would run away from work and go to the drinking pool, where she would stand foolishly gazing at her own reflection in the water. But there were also rumours of something more serious. One day, as Mollie strolled blithely into the yard, flirting her long tail and chewing at a stalk of hay, Clover took her aside.

"Mollie," she said, "I have something very serious to say to you. This morning I saw you looking over the hedge that divides Animal Farm from Foxwood. One of Mr. Pilkington's men was standing on the other side of the hedge. And — I was a long way away, but I am almost certain I saw this — he was talking to you and you were allowing him to stroke your nose. What does that mean, Mollie?"

"He didn't! I wasn't! It isn't true!" cried Mollie, beginning to prance about and paw the ground.

"Mollie! Look me in the face. Do you give me your word of honour that that man was not stroking your nose?"

"It isn't true!" repeated Mollie, but she could not look Clover in the face, and the next moment she took to her heels and galloped away into the field.

A thought struck Clover. Without saying anything to the others, she went to Mollie's stall and turned over the straw with her hoof. Hidden under the straw was a little pile of lump sugar and several bunches of ribbon of different colours.

Three days later Mollie disappeared. For some weeks nothing was known of her whereabouts, then the pigeons reported that they had seen her on the other side of Willingdon. She was between the shafts of a smart dogcart painted red and black, which was standing outside a public-house. A fat red-faced man in check breeches and gaiters, who looked like a publican, was stroking her nose and feeding her with sugar. Her coat was newly clipped and she wore a scarlet ribbon round her forelock. She appeared to be enjoying herself, so the pigeons said. None of the animals ever mentioned Mollie again.

In January there came bitterly hard weather. The

earth was like iron, and nothing could be done in the fields. Many meetings were held in the big barn, and the pigs occupied themselves with planning out the work of the coming season. It had come to be accepted that the pigs, who were manifestly cleverer than the other animals, should decide all questions of farm policy, though their decisions had to be ratified by a majority vote. This arrangement would have worked well enough if it had not been for the disputes between Snowball and Napoleon. These two disagreed at every point where disagreement was possible. If one of them suggested sowing a bigger acreage with barley, the other was certain to demand a bigger acreage of oats, and if one of them said that such and such a field was just right for cabbages, the other would declare that it was useless for anything except roots. Each had his own following, and there were some violent debates. At the Meetings Snowball often won over the majority by his brilliant speeches, but Napoleon was better at canvassing support for himself in between times. He was especially successful with the sheep. Of late the sheep had taken to bleating "Four legs good, two legs bad" both in and out of season, and they often interrupted the Meeting with this. It was noticed that they were especially liable to break into "Four legs good, two legs bad" at crucial moments in Snowball's speeches. Snowball had made a close study of some back numbers of the Farmer and Stockbreeder which he had found in the farmhouse, and was full of plans for innovations and improvements. He talked learnedly about field drains, silage, and basic slag, and had worked out a complicated scheme for all the animals to drop their dung directly in the fields, at a different spot every day, to save the labour of cartage. Napoleon produced no schemes of his own, but said quietly that Snowball's would come to nothing, and seemed to be biding his time. But of all their controversies, none was so bitter as the one that took place over the windmill.

In the long pasture, not far from the farm buildings, there was a small knoll which was the highest point on the farm. After surveying the ground, Snowball declared that this was just the place for a windmill, which could be made to operate a dynamo and supply the farm with electrical power. This would light the stalls and warm them in winter, and would also run a circular saw, a chaff-cutter, a mangel-slicer, and an electric milking machine. The animals had never heard of anything of this kind before (for the farm was an old-fashioned one and had only the most primitive machinery), and they listened in astonishment while Snowball conjured up pictures of fantastic machines which would do their work for them while they grazed at their ease in the fields or improved their minds with reading and conversation.

Within a few weeks Snowball's plans for the windmill were fully worked out. The mechanical details came mostly from three books which had belonged to Mr. Jones — One Thousand Useful Things to Do About the House, Every Man His Own Bricklayer, and Electricity for Beginners. Snowball used as his study a shed which had once been used for incubators and had a smooth wooden floor, suitable for drawing on. He was closeted there for hours at a time. With his books held open by a stone, and with a piece of chalk gripped between the knuckles of his trotter, he would move rapidly to and fro, drawing in line after line and uttering little whimpers of excitement. Gradually the plans grew into a complicated mass of cranks and cog-wheels, covering more than half the floor, which the other animals found completely unintelligible but very impressive. All of them came to look at Snowball's drawings at least once a day. Even the hens and ducks came, and were at pains not to tread on the chalk marks. Only Napoleon held aloof. He had declared himself against the windmill from the start. One day, however, he arrived unexpectedly to examine the plans. He walked heavily round the shed, looked closely at every detail of the plans and snuffed at them once or twice, then stood for a little while contemplating them out of the corner of his eye; then suddenly he lifted his leg, urinated over the plans, and walked out without uttering a word.

The whole farm was deeply divided on the subject of the windmill. Snowball did not deny that to build it would be a difficult business. Stone would have to be carried and built up into walls, then the sails would have to be made and after that there would be need for dynamos and cables. (How these were to be procured, Snowball did not say.) But he maintained that it could all be done in a year. And thereafter, he declared, so much labour would be saved that the animals would only need to work three days a week. Napoleon, on the other hand, argued that the great need of the moment was to increase food production, and that if they wasted time on the windmill they would all starve to death. The animals formed themselves into two factions under the slogan, "Vote for Snowball and the three-day week" and "Vote for Napoleon and the full manger." Benjamin was the only animal who did not side with either faction. He refused to believe either that food would become more plentiful or that the windmill would save work. Windmill or no windmill, he said, life would go on as it had always gone on — that is, badly.

Apart from the disputes over the windmill, there was the question of the defence of the farm. It was fully realised that though the human beings had been defeated in the Battle of the Cowshed they might make another and more determined attempt to recapture the farm and reinstate Mr. Jones. They had all the more reason for doing so because the news of their defeat had spread across the countryside and made the animals on the neighbouring farms more restive than ever. As usual, Snowball and Napoleon were in disagreement. According to Napoleon, what the animals must do was to procure firearms and train themselves in the use of them. According to Snowball, they must send out more and more pigeons and stir up rebellion among the animals on the other farms. The one argued that if they could not defend themselves they were bound to be conquered, the other argued that if rebellions happened everywhere they would have no need to defend themselves. The animals listened first to Napoleon, then to Snowball, and could not make up their minds which was right; indeed, they always found themselves in agreement with the one who was speaking at the moment.

At last the day came when Snowball's plans were completed. At the Meeting on the following Sunday the question of whether or not to begin work on the windmill was to be put to the vote. When the animals had assembled in the big barn, Snowball stood up and, though occasionally interrupted by bleating from the sheep, set forth his reasons for advocating the building of the windmill. Then Napoleon stood up to reply. He said very quietly that the windmill was nonsense and that he advised nobody to vote for it, and promptly sat down again; he had spoken for barely thirty seconds, and seemed almost indifferent as to the effect he produced. At this Snowball sprang to his feet, and shouting down the sheep, who had begun bleating again, broke into a passionate appeal in favour of the windmill. Until now the animals had been about equally divided in their sympathies, but in a moment Snowball's eloquence had carried them away. In glowing sentences he painted a picture of Animal Farm as it might be when sordid labour was lifted from the animals' backs. His imagination had now run far beyond chaff-cutters and turnip-slicers. Electricity, he said, could operate threshing machines, ploughs, harrows, rollers, and reapers and binders, besides supplying every stall with its own electric light, hot and cold water, and an electric heater. By the time he had finished speaking, there was no doubt as to which way the vote would go. But just at this moment Napoleon stood up and, casting a peculiar sidelong look at Snowball, uttered a high-pitched whimper of a kind no one had ever heard him utter before.

At this there was a terrible baying sound outside, and nine enormous dogs wearing brass-studded collars came bounding into the barn. They dashed straight for Snowball, who only sprang from his place just in time to escape their snapping jaws. In a moment he was out of the door and they were after him. Too amazed and frightened to speak, all the animals crowded through the door to watch the chase. Snowball was racing across the long pasture that led to the road. He was running as only a pig can run, but the dogs were close on his heels. Suddenly he slipped and it seemed certain that they had him. Then he was up again, running faster than ever, then the dogs were gaining on him again. One of them all but closed his jaws on Snowball's tail, but Snowball whisked it free just in time. Then he put on an extra spurt and, with a few inches to spare, slipped through a hole in the hedge and was seen no more.

Silent and terrified, the animals crept back into the barn. In a moment the dogs came bounding back. At first no one had been able to imagine where these creatures came from, but the problem was soon solved: they were the puppies whom Napoleon had taken away from their mothers and reared privately. Though not yet full-grown, they were huge dogs, and as fierce-looking as wolves. They kept close to Napoleon. It was noticed that they wagged their tails to him in the same way as the other dogs had been used to do to Mr. Jones.

Napoleon, with the dogs following him, now mounted on to the raised portion of the floor where Major had previously stood to deliver his speech. He announced that from now on the Sunday-morning Meetings would come to an end. They were unnecessary, he said, and wasted time. In future all questions relating to the working of the farm would be settled by a special committee of pigs, presided over by himself. These would meet in private and afterwards communicate their decisions to the others. The animals would still assemble on Sunday mornings to salute the flag, sing Beasts of England, and receive their orders for the week; but there would be no more debates.

In spite of the shock that Snowball's expulsion had given them, the animals were dismayed by this announcement. Several of them would have protested if they could have found the right arguments. Even Boxer was vaguely troubled. He set his ears back, shook his forelock several times, and tried hard to marshal his thoughts; but in the end he could not think of anything to say. Some of the pigs themselves, however, were more articulate. Four young porkers in the front row uttered shrill squeals of disapproval, and all four of them sprang to their feet and began speaking at once. But suddenly the dogs sitting round Napoleon let out deep, menacing growls, and the pigs fell silent and sat down again. Then the sheep broke out into a tremendous bleating of "Four legs good, two legs bad!" which went on for nearly a quarter of an hour and put an end to any chance of discussion.

Afterwards Squealer was sent round the farm to explain the new arrangement to the others.

"Comrades," he said, "I trust that every animal here appreciates the sacrifice that Comrade Napoleon has made in taking this extra labour upon himself. Do not imagine, comrades, that leadership is a pleasure! On the contrary, it is a deep and heavy responsibility. No one believes more firmly than Comrade Napoleon that all animals are equal. He would be only too happy to let you make your decisions for yourselves. But sometimes you might make the wrong decisions, comrades, and then where should we be? Suppose you had decided to follow Snowball, with his moonshine of windmills – Snowball, who, as we now know, was no better than a criminal?"

"He fought bravely at the Battle of the Cowshed," said somebody.

"Bravery is not enough," said Squealer. "Loyalty and obedience are more important. And as to the Battle of the Cowshed, I believe the time will come when we shall find that Snowball's part in it was much exaggerated. Discipline, comrades, iron discipline! That is the watchword for today. One false step, and our enemies would be upon us. Surely, comrades, you do not want Jones back?"

Once again this argument was unanswerable. Certainly the animals did not want Jones back; if the holding of debates on Sunday mornings was liable to bring him back, then the debates must stop. Boxer, who had now had time to think things over, voiced the general feeling by saying: "If Comrade Napoleon says it, it must be right." And from then on he adopted the maxim, "Napoleon is always right," in addition to his private motto of "I will work harder."

By this time the weather had broken and the spring ploughing had begun. The shed where Snowball had drawn his plans of the windmill had been shut up and it was assumed that the plans had been rubbed off the floor. Every Sunday morning at ten o'clock the animals assembled in the big barn to receive their orders for the week. The skull of old Major, now clean of flesh, had been disinterred from the orchard and set up on a stump at the foot of the flagstaff, beside the gun. After the hoisting of the flag, the animals were required to file past the skull in a reverent manner before entering the barn. Nowadays they did not sit all together as they had done in the past. Napoleon, with Squealer and another pig named Minimus, who had a remarkable gift for composing songs and poems, sat on the front of the raised platform, with the nine young dogs forming a semicircle round them, and the other pigs sitting behind. The rest of the animals sat facing them in the main body of the barn. Napoleon read out the orders for the week in a gruff soldierly style, and after a single singing of Beasts of England, all the animals dispersed.

On the third Sunday after Snowball's expulsion,

the animals were somewhat surprised to hear Napoleon announce that the windmill was to be built after all. He did not give any reason for having changed his mind, but merely warned the animals that this extra task would mean very hard work, it might even be necessary to reduce their rations. The plans, however, had all been prepared, down to the last detail. A special committee of pigs had been at work upon them for the past three weeks. The building of the windmill, with various other improvements, was expected to take two years.

That evening Squealer explained privately to the other animals that Napoleon had never in reality been opposed to the windmill. On the contrary, it was he who had advocated it in the beginning, and the plan which Snowball had drawn on the floor of the incubator shed had actually been stolen from among Napoleon's papers. The windmill was, in fact, Napoleon's own creation. Why, then, asked somebody, had he spoken so strongly against it? Here Squealer looked very sly. That, he said, was Comrade Napoleon's cunning. He had seemed to oppose the windmill, simply as a manoeuvre to get rid of Snowball, who was a dangerous character and a bad influence. Now that Snowball was out of the way, the plan could go forward without his interference. This, said Squealer, was something called tactics. He repeated a number of times, "Tactics, comrades, tactics!" skipping round and whisking his tail with a merry laugh. The animals were not certain what the word meant, but Squealer spoke so persuasively, and the three dogs who happened to be with him growled so threateningly, that they accepted his explanation without further questions.

VI

All that year the animals worked like slaves. But they were happy in their work; they grudged no effort or sacrifice, well aware that everything that they did was for the benefit of themselves and those of their kind who would come after them, and not for a pack of idle, thieving human beings.

Throughout the spring and summer they worked a sixty-hour week, and in August Napoleon announced that there would be work on Sunday afternoons as well. This work was strictly voluntary, but any animal who absented himself from it would have his rations reduced by half. Even so, it was found necessary to leave certain tasks undone. The harvest was a little less successful than in the previous year, and two fields which should have been sown with roots in the early summer were not sown because the ploughing had not been completed early enough. It was possible to foresee that the coming winter would be a hard one.

The windmill presented unexpected difficulties. There was a good quarry of limestone on the farm, and plenty of sand and cement had been found in one of the outhouses, so that all the materials for building were at hand. But the problem the animals could not at first solve was how to break up the stone into pieces of suitable size. There seemed no way of doing this except with picks and crowbars, which no animal could use, because no animal could stand on his hind legs. Only after weeks of vain effort did the right idea occur to somebody — namely, to utilise the force of gravity. Huge boulders, far too big to be used as they were, were lying all over the bed of the quarry. The animals lashed ropes round these, and then all together, cows, horses, sheep, any animal that could lay hold of the rope — even the pigs sometimes joined in at critical moments — they dragged them with desperate slowness up the slope to the top of the quarry, where they were toppled over the edge, to shatter to pieces below. Transporting the stone when it was once broken was comparatively simple. The horses carried it off in cart-loads, the sheep dragged single blocks, even Muriel and Benjamin yoked themselves into an old governess-cart and did their share. By late summer a sufficient store of stone had accumulated, and then the building began, under the superintendence of the pigs.

But it was a slow, laborious process. Frequently it

took a whole day of exhausting effort to drag a single boulder to the top of the quarry, and sometimes when it was pushed over the edge it failed to break. Nothing could have been achieved without Boxer, whose strength seemed equal to that of all the rest of the animals put together. When the boulder began to slip and the animals cried out in despair at finding themselves dragged down the hill, it was always Boxer who strained himself against the rope and brought the boulder to a stop. To see him toiling up the slope inch by inch, his breath coming fast, the tips of his hoofs clawing at the ground, and his great sides matted with sweat, filled everyone with admiration. Clover warned him sometimes to be careful not to overstrain himself, but Boxer would never listen to her. His two slogans, "I will work harder" and "Napoleon is always right," seemed to him a sufficient answer to all problems. He had made arrangements with the cockerel to call him three-quarters of an hour earlier in the mornings instead of half an hour. And in his spare moments, of which there were not many nowadays, he would go alone to the quarry, collect a load of broken stone, and drag it down to the site of the windmill unassisted.

The animals were not badly off throughout that summer, in spite of the hardness of their work. If they had no more food than they had had in Jones's day, at least they did not have less. The advantage of only having to feed themselves, and not having to support five extravagant human beings as well, was so great that it would have taken a lot of failures to outweigh it. And in many ways the animal method of doing things was more efficient and saved labour. Such jobs as weeding, for instance, could be done with a thoroughness impossible to human beings. And again, since no animal now stole, it was unnecessary to fence off pasture from arable land, which saved a lot of labour on the upkeep of hedges and gates. Nevertheless, as the summer wore on, various unforeseen shortages began to make them selves felt. There was need of paraffin oil, nails, string, dog biscuits, and iron for the horses' shoes, none of which could be produced on the farm. Later there would also be need for seeds and artificial manures, besides various tools and, finally, the machinery for the windmill. How these were to be procured, no one was able to imagine.

One Sunday morning, when the animals assembled to receive their orders, Napoleon announced that he had decided upon a new policy. From now onwards Animal Farm would engage in trade with the neighbouring farms: not, of course, for any commercial purpose, but simply in order to obtain certain materials which were urgently necessary. The needs of the windmill must override everything else, he said. He was therefore making arrangements to sell a stack of hay and part of the current year's wheat crop, and later on, if more money were needed, it would have to be made up by the sale of eggs, for which there was always a market in Willingdon. The hens, said Napoleon, should welcome this sacrifice as their own special contribution towards the building of the windmill.

Once again the animals were conscious of a vague uneasiness. Never to have any dealings with human beings, never to engage in trade, never to make use of money — had not these been among the earliest resolutions passed at that first triumphant Meeting after Jones was expelled? All the animals remembered passing such resolutions: or at least they thought that they remembered it. The four young pigs who had protested when Napoleon abolished the Meetings raised their voices timidly, but they were promptly silenced by a tremendous growling from the dogs. Then, as usual, the sheep broke into "Four legs good, two legs bad!" and the momentary awkwardness was smoothed over. Finally Napoleon raised his trotter for silence and announced that he had already made all the arrangements. There would be no need for any of the animals to come in contact with human beings, which would clearly be most undesirable. He intended to take the whole burden upon his own shoulders. A Mr. Whymper, a solicitor living in Willingdon, had agreed to act as intermediary between Animal Farm and the outside world, and would visit the farm every Monday morning to receive his instructions. Napoleon ended his speech with his usual cry of "Long live Animal Farm!" and after the singing of Beasts of England the animals were dismissed.

Afterwards Squealer made a round of the farm and set the animals' minds at rest. He assured them that the resolution against engaging in trade and using money had never been passed, or even suggested. It was pure imagination, probably traceable in the beginning to lies circulated by Snowball. A few animals still felt faintly doubtful, but Squealer asked them shrewdly, "Are you certain that this is not something that you have dreamed, comrades? Have you any record of such a resolution? Is it written down anywhere?" And since it was certainly true that nothing of the kind existed in writing, the animals were satisfied that they had been mistaken.

Every Monday Mr. Whymper visited the farm as had been arranged. He was a sly-looking little man with side whiskers, a solicitor in a very small way of business, but sharp enough to have realised earlier than anyone else that Animal Farm would need a broker and that the commissions would be worth having. The animals watched his coming and going with a kind of dread, and avoided him as much as possible. Nevertheless, the sight of Napoleon, on all fours, delivering orders to Whymper, who stood on two legs, roused their pride and partly reconciled them to the new arrangement. Their relations with the human race were now not quite the same as they had been before. The human beings did not hate Animal Farm any less now that it was prospering; indeed, they hated it more than ever. Every human being held it as an article of faith that the farm would go bankrupt sooner or later, and, above all, that the windmill would be a failure. They would meet in the public-houses and prove to one another by means of diagramsthat the windmill was bound to fall down, or that if it did stand up, then that it would never work. And yet, against their will, they had developed a certain respect for the efficiency with which the animals were managing their own affairs. One symptom of this was that they had begun to call Animal Farm by its proper name and ceased to pretend that it was called the Manor Farm. They had also dropped their championship of Jones, who had given up hope of getting his farm back and gone to live in another part of the county. Except through Whymper, there was as yet no contact between Animal Farm and the outside world, but there were constant rumours that Napoleon was about to enter into a definite business agreement either with Mr. Pilkington of Foxwood or with Mr. Frederick of Pinchfield – but never, it was noticed, with both simultaneously.

It was about this time that the pigs suddenly moved into the farmhouse and took up their residence there. Again the animals seemed to remember that a resolution against this had been passed in the early days, and again Squealer was able to convince them that this was not the case. It was absolutely necessary, he said, that the pigs, who were the brains of the farm, should have a quiet place to work in. It was also more suited to the dignity of the Leader (for of late he had taken to speaking of Napoleon under the title of "Leader") to live in a house than in a mere sty. Nevertheless, some of the animals were disturbed when they heard that the pigs not only took their meals in the kitchen and used the drawing-room as a recreation room, but also slept in the beds. Boxer passed it off as usual with "Napoleon is always right!", but Clover, who thought she remembered a definite ruling against beds, went to the end of the barn and tried to puzzle out the Seven Commandments which were inscribed there. Finding herself unable to read more than individual letters, she fetched Muriel.

"Muriel," she said, "read me the Fourth Commandment. Does it not say something about never sleeping in a bed?"

With some difficulty Muriel spelt it out.

"It says, 'No animal shall sleep in a bed with

sheets,"' she announced finally.

Curiously enough, Clover had not remembered that the Fourth Commandment mentioned sheets; but as it was there on the wall, it must have done so. And Squealer, who happened to be passing at this moment, attended by two or three dogs, was able to put the whole matter in its proper perspective.

"You have heard then, comrades," he said, "that we pigs now sleep in the beds of the farmhouse? And why not? You did not suppose, surely, that there was ever a ruling against beds? A bed merely means a place to sleep in. A pile of straw in a stall is a bed, properly regarded. The rule was against sheets, which are a human invention. We have removed the sheets from the farmhouse beds, and sleep between blankets. And very comfortable beds they are too! But not more comfortable than we need, I can tell you, comrades, with all the brainwork we have to do nowadays. You would not rob us of our repose, would you, comrades? You would not have us too tired to carry out our duties? Surely none of you wishes to see Jones back?"

The animals reassured him on this point immediately, and no more was said about the pigs sleeping in the farmhouse beds. And when, some days afterwards, it was announced that from now on the pigs would get up an hour later in the mornings than the other animals, no complaint was made about that either.

By the autumn the animals were tired but happy. They had had a hard year, and after the sale of part of the hay and corn, the stores of food for the winter were nonc too plentiful, but the windmill compensated for everything. It was almost half built now. After the harvest there was a stretch of clear dry weather, and the animals toiled harder than ever, thinking it well worth while to plod to and fro all day with blocks of stone if by doing so they could raise the walls another foot. Boxer would even come out at nights and work for an hour or two on his own by the light of the harvest moon. In their spare moments the animals would walk round and round the half-finished mill, admiring the strength and perpendicularity of its walls and marvelling that they should ever have been able to build anything so imposing. Only old Benjamin refused to grow enthusiastic about the windmill, though, as usual, he would utter nothing beyond the cryptic remark that donkeys live a long time.

November came, with raging south-west winds. Building had to stop because it was now too wet to mix the cement. Finally there came a night when the gale was so violent that the farm buildings rocked on their foundations and several tiles were blown off the roof of the barn. The hens woke up squawking with terror because they had all dreamed simultaneously of hearing a gun go off in the distance. In the morning the animals came out of their stalls to find that the flagstaff had been blown down and an elm tree at the foot of the orchard had been plucked up like a radish. They had just noticed this when a cry of despair broke from every animal's throat. A terrible sight had met their eyes. The windmill was in ruins.

With one accord they dashed down to the spot. Napoleon, who seldom moved out of a walk, raced ahead of them all. Yes, there it lay, the fruit of all their struggles, levelled to its foundations, the stones they had broken and carried so laboriously scattered all around. Unable at first to speak, they stood gazing mournfully at the litter of fallen stone Napoleon paced to and fro in silence, occasionally snuffing at the ground. His tail had grown rigid and twitched sharply from side to side, a sign in him of intense mental activity. Suddenly he halted as though his mind were made up.

"Comrades," he said quietly, "do you know who is responsible for this? Do you know the enemy who has come in the night and overthrown our windmill? SNOWBALL!" he suddenly roared in a voice of thunder. "Snowball has done this thing! In sheer malignity, thinking to set back our plans and avenge himself for his ignominious expulsion, this traitor has crept here under cover of night and destroyed our work of nearly a year. Comrades, here and now

I pronounce the death sentence upon Snowball. 'Animal Hero, Second Class,' and half a bushel of apples to any animal who brings him to justice. A full bushel to anyone who captures him alive!"

The animals were shocked beyond measure to learn that even Snowball could be guilty of such an action. There was a cry of indignation, and everyone began thinking out ways of catching Snowball if he should ever come back. Almost immediately the footprints of a pig were discovered in the grass at a little distance from the knoll. They could only be traced for a few yards, but appeared to lead to a hole in the hedge. Napoleon snuffed deeply at them and pronounced them to be Snowball's. He gave it as his opinion that Snowball had probably come from the direction of Foxwood Farm.

"No more delays, comrades!" cried Napoleon when the footprints had been examined. "There is work to be done. This very morning we begin rebuilding the windmill, and we will build all through the winter, rain or shine. We will teach this miserable traitor that he cannot undo our work so easily. Remember, comrades, there must be no alteration in our plans: they shall be carried out to the day. Forward, comrades! Long live the windmill! Long live Animal Farm!"

VII

It was a bitter winter. The stormy weather was followed by sleet and snow, and then by a hard frost which did not break till well into February. The animals carried on as best they could with the rebuilding of the windmill, well knowing that the outside world was watching them and that the envious human beings would rejoice and triumph if the mill were not finished on time.

Out of spite, the human beings pretended not to believe that it was Snowball who had destroyer the windmill: they said that it had fallen down because the walls were too thin. The animals knew that this was not the case. Still, it had been decided to build the walls three feet thick this time instead of eighteen inches as before, which meant collecting much larger quantities of stone. For a long i.ne the quarry was full of snowdrifts and nothing could be done. Some progress was made in the dry frosty we ather that followed, but it was cruel work, and the animals could not feel so hopeful about it as they had felt before. They were always cold, and usually hungry as well. Only Boxer and Clover never lost heart. Squealer madc excellent speeches on the joy of service and the dignity of labour, but the other animals found more inspiration in Boxer's strength and his never-failing cry of "I will work harder! "

In January food fell short. The corn ration was drastically reduced, and it was announced that an extra potato ration would be issued to make up for it. Then it was discovered that the greater part of the potato crop had been frosted in the clamps, which had not been covered thickly enough. The potatoes had become soft and discoloured, and only a few were edible. For days at a time the animals had nothing to eat but chaff and mangels. Starvation seemed to stare them in the face.

It was vitally necessary to conceal this fact from the outside world. Emboldened by the collapse of the windmill, the human beings were inventing fresh lies about Animal Farm. Once again it was being put about that all the animals were dying of famine and disease, and that they were continually fighting among themselves and had resorted to cannibalism and infanticide. Napoleon was well aware of the bad results that might follow if the real facts of the food situation were known, and he decided to make use of Mr. Whymper to spread a contrary impression. Hitherto the animals had had little or no contact with Whymper on his weekly visits: now, however, a few selected animals, mostly sheep, were instructed to remark casually in his hearing that rations had been increased. In addition, Napoleon ordered the almost empty bins in the store-shed to be filled nearly to the brim with sand, which was then covered up with what remained of the grain and meal. On some suitable pretext Whymper was led through the store-shed and allowed to catch a glimpse of the bins. He was deceived, and continued to report to the outside world that there was no food shortage on Animal Farm.

Nevertheless, towards the end of January it became obvious that it would be necessary to procure some more grain from somewhere. In these days Napoleon rarely appeared in public, but spent all his time in the farmhouse, which was guarded at each door by fierce-looking dogs. When he did emerge, it was in a ceremonial manner, with an escort of six dogs who closely surrounded him and growled if anyone came too near. Frequently he did not even appear on Sunday mornings, but issued his orders through one of the other pigs, usually Squealer.

One Sunday morning Squealer announced that the hens, who had just come in to lay again, must surrender their eggs. Napoleon had accepted, through

Whymper, a contract for four hundred eggs a week. The price of these would pay for enough grain and meal to keep the farm going till summer came on and conditions were easier.

When the hens heard this, they raised a terrible outcry. They had been warned earlier that this sacrifice might be necessary, but had not believed that it would really happen. They were just getting their clutches ready for the spring sitting, and they protested that to take the eggs away now was murder. For the first time since the expulsion of Jones, there was something resembling a rebellion. Led by three young Black Minorca pullets, the hens made a determined effort to thwart Napoleon's wishes. Their method was to fly up to the rafters and there lay their eggs, which smashed to pieces on the floor. Napoleon acted swiftly and ruthlessly. He ordered the hens' rations to be stopped, and decreed that any animal giving so much as a grain of corn to a hen should be punished by death. The dogs saw to it that these orders were carried out. For five days the hens held out, then they capitulated and went back to their nesting boxes. Nine hens had died in the meantime. Their bodies were buried in the orchard, and it was given out that they had died of coccidiosis. Whymper heard nothing of this affair, and the eggs were duly delivered, a grocer's van driving up to the farm once a week to take them away.

All this while no more had been seen of Snowball. He was rumoured to be hiding on one of the neighbouring farms, either Foxwood or Pinchfield. Napoleon was by this time on slightly better terms with the other farmers than before. It happened that there was in the yard a pile of timber which had been stacked there ten years earlier when a beech spinney was cleared. It was well seasoned, and Whymper had advised Napoleon to sell it; both Mr. Pilkington and Mr. Frederick were anxious to buy it. Napoleon was hesitating between the two, unable to make up his mind. It was noticed that whenever he seemed on the point of coming to an agreement with Frederick, Snowball was declared to be in hiding at Foxwood, while, when he inclined toward Pilkington, Snowball was said to be at Pinchfield.

Suddenly, early in the spring, an alarming thing was discovered. Snowball was secretly frequenting the farm by night! The animals were so disturbed that they could hardly sleep in their stalls. Every night, it was said, he came creeping in under cover of darkness and performed all kinds of mischief. He stole the corn, he upset the milk-pails, he broke the eggs, he trampled the seedbeds, he gnawed the bark off the fruit trees. Whenever anything went wrong it became usual to attribute it to Snowball. If a window was broken or a drain was blocked up, someone was certain to say that Snowball had come in the night and done it, and when the key of the store-shed was lost, the whole farm was convinced that Snowball had thrown it down the well. Curiously enough, they went on believing this even after the mislaid key was found under a sack of meal. The cows declared unanimously that Snowball crept into their stalls and milked them in their sleep. The rats, which had been troublesome that winter, were also said to be in league with Snowball.

Napoleon decreed that there should be a full investigation into Snowball's activities. With his dogs in attendance he set out and made a careful tour of inspection of the farm buildings, the other animals following at a respectful distance. At every few steps Napoleon stopped and snuffed the ground for traces of Snowball's footsteps, which, he said, he could detect by the smell. He snuffed in every corner, in the barn, in the cow-shed, in the henhouses, in the vegetable garden, and found traces of Snowball almost everywhere. He would put his snout to the ground, give several deep sniffs, ad exclaim in a terrible voice, "Snowball! He has been here! I can smell him distinctly!" and at the word "Snowball" all the dogs let out blood-curdling growls and showed their side teeth.

The animals were thoroughly frightened. It seemed to them as though Snowball were some kind of invisible influence, pervading the air about them and menacing them with all kinds of dangers. In the evening Squealer called them together, and with an alarmed expression on his face told them that he had some serious news to report.

"Comrades!" cried Squealer, making little nervous skips, "a most terrible thing has been discovered. Snowball has sold himself to Frederick of Pinchfield Farm, who is even now plotting to attack us and take our farm away from us! Snowball is to act as his guide when the attack begins. But there is worse than that. We had thought that Snowball's rebellion was caused simply by his vanity and ambition. But we were wrong, comrades. Do you know what the real reason was? Snowball was in league with Jones from the very start! He was Jones's secret agent all the time. It has all been proved by documents which he left behind him and which we have only just discovered. To my mind this explains a great deal, comrades. Did we not see for ourselves how he attempted — fortunately without success — to get us defeated and destroyed at the Battle of the Cowshed?"

The animals were stupefied. This was a wickedness far outdoing Snowball's destruction of the windmill. But it was some minutes before they could fully take it in. They all remembered, or thought they remembered, how they had seen Snowball charging ahead of them at the Battle of the Cowshed, how he had rallied and encouraged them at every turn, and how he had not paused for an instant even when the pellets from Jones's gun had wounded his back. At first it was a little difficult to see how this fitted in with his being on Jones's side. Even Boxer, who seldom asked questions, was puzzled. He lay down, tucked his fore hoofs beneath him, shut his eyes, and with a hard effort managed to formulate his thoughts.

"I do not believe that," he said. "Snowball fought bravely at the Battle of the Cowshed. I saw him myself. Did we not give him 'Animal Hero, first Class,' immediately afterwards?"

"That was our mistake, comrade. For we know now — it is all written down in the secret documents that we have found — that in reality he was trying to lure us to our doom."

"But he was wounded," said Boxer. "We all saw him running with blood."

"That was part of the arrangement!" cried Squealer. "Jones's shot only grazed him. I could show you this in his own writing, if you were able to read it. The plot was for Snowball, at the critical moment, to give the signal for flight and leave the field to the enemy. And he very nearly succeeded — I will even say, comrades, he would have succeeded if it had not been for our heroic Leader, Comrade Napoleon. Do you not remember how, just at the moment when Jones and his men had got inside the yard, Snowball suddenly turned and fled, and many animals followed him? And do you not remember, too, that it was just at that moment, when panic was spreading and all seemed lost, that Comrade Napoleon sprang forward with a cry of 'Death to Humanity!' and sank his teeth in Jones's leg? Surely you remember that, comrades?" exclaimed Squealer, frisking from side to side.

Now when Squealer described the scene so graphically, it seemed to the animals that they did remember it. At any rate, they remembered that at the critical moment of the battle Snowball had turned to flee. But Boxer was still a little uneasy.

"I do not believe that Snowball was a traitor at the beginning," he said finally. "What he has done since is different. But I believe that at the Battle of the Cowshed he was a good comrade."

"Our Leader, Comrade Napoleon," announced Squealer, speaking very slowly and firmly, "has stated categorically — categorically, comrade — that Snowball was Jones's agent from the very beginning — yes, and from long before the Rebellion was ever thought of."

"Ah, that is different!" said Boxer. "If Comrade Napoleon says it, it must be right."

"That is the true spirit, comrade!" cried Squealer, but it was noticed he cast a very ugly look at Boxer with his little twinkling eyes. He turned to go, then paused and added impressively: "I warn every animal on this farm to keep his eyes very wide open. For we have reason to think that some of Snowball's secret agents are lurking among us at this moment! "

Four days later, in the late afternoon, Napoleon ordered all the animals to assemble in the yard. When they were all gathered together, Napoleon emerged from the farmhouse, wearing both his medals (for he had recently awarded himself "Animal Hero, First Class," and "Animal Hero, Second Class"), with his nine huge dogs frisking round him and uttering growls that sent shivers down all the animals' spines. They all cowered silently in their places, seeming to know in advance that some terrible thing was about to happen.

Napoleon stood sternly surveying his audience; then he uttered a high-pitched whimper. Immediately the dogs bounded forward, seized four of the pigs by the ear and dragged them, squealing with pain and terror, to Napoleon's feet. The pigs' ears were bleeding, the dogs had tasted blood, and for a few moments they appeared to go quite mad. To the amazement of everybody, three of them flung themselves upon Boxer. Boxer saw them coming and put out his great hoof, caught a dog in mid-air, and pinned him to the ground. The dog shrieked for mercy and the other two fled with their tails between their legs. Boxer looked at Napoleon to know whether he should crush the dog to death or let it go. Napoleon appeared to change countenance, and sharply ordered Boxer to let the dog go, whereat Boxer lifted his hoof, and the dog slunk away, bruised and howling.

Presently the tumult died down. The four pigs waited, trembling, with guilt written on every line of their countenances. Napoleon now called upon them to confess their crimes. They were the same four pigs as had protested when Napoleon abolished the Sunday Meetings. Without any further prompting they confessed that they had been secretly in touch with Snowball ever since his expulsion, that they had collaborated with him in destroying the windmill, and that they had entered into an agreement with him to hand over Animal Farm to Mr. Frederick. They added that Snowball had privately admitted to them that he had been Jones's secret agent for years past. When they had finished their confession, the dogs promptly tore their throats out, and in a terrible voice Napoleon demanded whether any other animal had anything to confess.

The three hens who had been the ringleaders in the attempted rebellion over the eggs now came forward and stated that Snowball had appeared to them in a dream and incited them to disobey Napoleon's orders. They, too, were slaughtered. Then a goose came forward and confessed to having secreted six ears of corn during the last year's harvest and eaten them in the night. Then a sheep confessed to having urinated in the drinking pool — urged to do this, so she said, by Snowball — and two other sheep confessed to having murdered an old ram, an especially devoted follower of Napoleon, by chasing him round and round a bonfire when he was suffering from a cough. They were all slain on the spot. And so the tale of confessions and executions went on, until there was a pile of corpses lying before Napoleon's feet and the air was heavy with the smell of blood, which had been unknown there since the expulsion of Jones.

When it was all over, the remaining animals, except for the pigs and dogs, crept away in a body. They were shaken and miserable. They did not know which was more shocking — the treachery of the animals who had leagued themselves with Snowball, or the cruel retribution they had just witnessed. In the old days there had often been scenes of bloodshed equally terrible, but it seemed to all of them that it was far worse now that it was happening among themselves. Since Jones had left the farm, until today, no animal had killed another animal. Not even a rat had been killed. They had made their way on to the little knoll where the half-finished windmill stood, and with one accord they all lay down as though huddling together for warmth — Clover, Muriel, Benjamin, the cows, the sheep, and a whole flock of geese and hens — everyone, indeed, except the cat, who had suddenly disappeared just before Napoleon ordered the animals to assemble. For some time nobody spoke. Only Boxer remained on his feet. He fidgeted to and fro, swishing his long black tail against his sides and occasionally uttering a little whinny of surprise. Finally he said:

"I do not understand it. I would not have believed that such things could happen on our farm. It must be due to some fault in ourselves. The solution, as I see it, is to work harder. From now onwards I shall get up a full hour earlier in the mornings."

And he moved off at his lumbering trot and made for the quarry. Having got there, he collected two successive loads of stone and dragged them down to the windmill before retiring for the night.

The animals huddled about Clover, not speaking. The knoll where they were lying gave them a wide prospect across the countryside. Most of Animal Farm was within their view — the long pasture stretching down to the main road, the hayfield, the spinney, the drinking pool, the ploughed fields where the young wheat was thick and green, and the red roofs of the farm buildings with the smoke curling from the chimneys. It was a clear spring evening. The grass and the bursting hedges were gilded by the level rays of the sun. Never had the farm — and with a kind of surprise they remembered that it was their own farm, every inch of it their own property — appeared to the animals so desirable a place. As Clover looked down the hillside her eyes filled with tears. If she could have spoken her thoughts, it would have been to say that this was not what they had aimed at when they had set themselves years ago to work for the overthrow of the human race. These scenes of terror and slaughter were not what they had looked forward to on that night when old Major first stirred them to rebellion. If she herself had had any picture of the future, it had been of a society of animals set free from hunger and the whip, all equal, each working according to his capacity, the strong protecting the weak, as she had protected the lost brood of ducklings with her foreleg on the night of Major's speech. Instead – she did not know why – they had come to a time when no one dared speak his mind, when fierce, growling dogs roamed everywhere, and when you had to watch your comrades torn to pieces after confessing to shocking crimes. There was no thought of rebellion or disobedience in her mind. She knew that, even as things were, they were far better off than they had been in the days of Jones, and that before all else it was needful to prevent the return of the human beings. Whatever happened she would remain faithful, work hard, carry out the orders that were given to her, and accept the leadership of Napoleon. But still, it was not for this that she and all the other animals had hoped and toiled. It was not for this that they had built the windmill and faced the bullets of Jones's gun. Such were her thoughts, though she lacked the words to express them.

At last, feeling this to be in some way a substitute for the words she was unable to find, she began to sing Beasts of England. The other animals sitting round her took it up, and they sang it three times over — very tunefully, but slowly and mournfully, in a way they had never sung it before.

They had just finished singing it for the third time when Squealer, attended by two dogs, approached them with the air of having something important to say. He announced that, by a special decree of Comrade Napoleon, Beasts of England had been abolished. From now onwards it was forbidden to sing it.

The animals were taken aback.

"Why?" cried Muriel.

"It's no longer needed, comrade," said Squealer stiffly. "Beasts of England was the song of the Rebellion. But the Rebellion is now completed. The execution of the traitors this afternoon was the final act. The enemy both external and internal has been defeated. In Beasts of England we expressed our longing for a better society in days to come. But that society has now been established. Clearly this song has no longer any purpose."

Frightened though they were, some of the animals might possibly have protested, but at this moment the sheep set up their usual bleating of "Four legs good, two legs bad," which went on for several minutes and put an end to the discussion.

So Beasts of England was heard no more. In its place Minimus, the poet, had composed another song which began:

Animal Farm, Animal Farm,
Never through me shalt thou come to harm!

and this was sung every Sunday morning after the hoisting of the flag. But somehow neither the words nor the tune ever seemed to the animals to come up to Beasts of England.

VIII

A few days later, when the terror caused by the executions had died down, some of the animals remembered — or thought they remembered — that the Sixth Commandment decreed "No animal shall kill any other animal." And though no one cared to mention it in the hearing of the pigs or the dogs, it was felt that the killings which had taken place did not square with this. Clover asked Benjamin to read her the Sixth Commandment, and when Benjamin, as usual, said that he refused to meddle in such matters, she fetched Muriel. Muriel read the Commandment for her. It ran: "No animal shall kill any other animal without cause." Somehow or other, the last two words had slipped out of the animals' memory. But they saw now that the Commandment had not been violated; for clearly there was good reason for killing the traitors who had leagued themselves with Snowball.

Throughout the year the animals worked even harder than they had worked in the previous year To rebuild the windmill, with walls twice as thick as before, and to finish it by the appointed date, together with the regular work of the farm, was a tremendous labour. There were times when it seemed to the animals that they worked longer hours and fed no better than they had done in Jones's day. On Sunday mornings Squealer, holding down a long strip of paper with his trotter, would read out to them lists of figures proving that the production of every class of foodstuff had increased by two hundred per cent, three hundred per cent, or five hundred per cent, as the case might be. The animals saw no reason to disbelieve him, especially as they could no longer remember very clearly what conditions had been like before the Rebellion. All the same, there were days when they felt that they would sooner have had less figures and more food.

All orders were now issued through Squealer or one of the other pigs. Napoleon himself was not seen in public as often as once in a fortnight. When he did appear, he was attended not only by his retinue of dogs but by a black cockerel who marched in front of him and acted as a kind of trumpeter, letting out a loud "cock-a-doodle-doo" before Napoleon spoke. Even in the farmhouse, it was said, Napoleon inhabited separate apartments from the others. He took his meals alone, with two dogs to wait upon him, and always ate from the Crown Derby dinner service which had been in the glass cupboard in the drawing-room. It was also announced that the gun would be fired every year on Napoleon's birthday, as well as on the other two anniversaries.

Napoleon was now never spoken of simply as "Napoleon." He was always referred to in formal style as "our Leader, Comrade Napoleon," and this pigs liked to invent for him such titles as Father of All Animals, Terror of Mankind, Protector of the Sheep-fold, Ducklings' Friend, and the like. In his speeches, Squealer would talk with the tears rolling down his cheeks of Napoleon's wisdom the goodness of his heart, and the deep love he bore to all animals everywhere, even and especially the unhappy animals who still lived in ignorance and slavery on other farms. It had become usual to give Napoleon the credit for every successful achievement and every stroke of good fortune. You would often hear one hen remark to another, "Under the guidance of our Leader, Comrade Napoleon, I have laid five eggs in six days"; or two cows, enjoying a drink at the pool, would exclaim, "Thanks to the leadership of Comrade Napoleon, how excellent this water tastes!" The general feeling on the farm was well expressed in a poem entitled Comrade Napoleon, which was composed by Minimus and which ran as follows:

Friend of fatherless!
Fountain of happiness!
Lord of the swill-bucket! Oh, how my soul is on
Fire when I gaze at thy
Calm and commanding eye,
Like the sun in the sky,
Comrade Napoleon!

Thou are the giver of
All that thy creatures love,
Full belly twice a day, clean straw to roll upon;
Every beast great or small
Sleeps at peace in his stall,
Thou watchest over all,
Comrade Napoleon!

Had I a sucking-pig,
Ere he had grown as big
Even as a pint bottle or as a rolling-pin,
He should have learned to be
Faithful and true to thee,
Yes, his first squeak should be
"Comrade Napoleon!"

Napoleon approved of this poem and caused it to be inscribed on the wall of the big barn, at the opposite end from the Seven Commandments. It was surmounted by a portrait of Napoleon, in profile, executed by Squealer in white paint.

Meanwhile, through the agency of Whymper, Napoleon was engaged in complicated negotiations with Frederick and Pilkington. The pile of timber was still unsold. Of the two, Frederick was the more anxious to get hold of it, but he would not offer a reasonable price. At the same time there were renewed rumours that Frederick and his men were plotting to attack Animal Farm and to destroy the windmill, the building of which had aroused furious jealousy in him. Snowball was known to be still skulking on Pinchfield Farm. In the middle of the summer the animals were alarmed to hear that three hens had come forward and confessed that, inspired by Snowball, they had entered into a plot to murder Napoleon. They were executed immediately, and fresh precautions for Napoleon's safety were taken. Four dogs guarded his bed at night, one at each corner, and a young pig named Pinkeye was given the task of tasting all his food before he ate it, lest it should be poisoned.

At about the same time it was given out that Napoleon had arranged to sell the pile of timber to Mr. Pilkington; he was also going to enter into a regular agreement for the exchange of certain products between Animal Farm and Foxwood. The relations between Napoleon and Pilkington, though they were only conducted through Whymper, were now almost friendly. The animals distrusted Pilkington, as a human being, but greatly preferred him to Frederick, whom they both feared and hated. As the summer wore on, and the windmill neared completion, the rumours of an impending treacherous attack grew stronger and stronger. Frederick, it was said, intended to bring against them twenty men all armed with guns, and he had already bribed the magistrates and police, so that if he could once get hold of the title-deeds of Animal Farm they would ask no questions. Moreover, terrible stories were leaking out from Pinchfield about the cruelties that Frederick practised upon his animals. He had flogged an old horse to death, he starved his cows, he had killed a dog by throwing it into the furnace, he amused himself in the evenings by making cocks fight with splinters of razor-blade tied to their spurs. The animals' blood boiled with rage when they heard of these things being done to their comrades, and sometimes they clamoured to be allowed to go out in a body and attack Pinchfield Farm, drive out the humans, and set the animals free. But Squealer counselled them to avoid rash actions and trust in Comrade Napoleon's strategy.

Nevertheless, feeling against Frederick continued to run high. One Sunday morning Napoleon appeared in the barn and explained that he had never at any time contemplated selling the pile of timber to Frederick; he considered it beneath his dignity, he said, to have dealings with scoundrels of that description. The pigeons who were still sent out to spread tidings of the Rebellion were forbidden to set foot anywhere on Foxwood, and were also ordered to drop their former slogan of "Death to Humanity" in favour of "Death to Frederick." In the late summer yet another of Snowball's machinations was laid bare. The wheat crop was full of weeds, and it was discovered that on one of his nocturnal visits Snowball had mixed weed seeds with the seed corn. A gander who had been privy to the plot had confessed his guilt to Squealer and immediately committed suicide by swallowing deadly nightshade berries. The animals now also learned that Snowball had never — as many of them had believed hitherto — received the order of "Animal Hero, First Class." This was merely a legend which had been spread some time after the Battle of the Cowshed by Snowball himself. So far from being decorated, he had been censured for showing cowardice in the battle. Once again some of the animals heard this with a certain bewilderment, but Squealer was soon able to convince them that their memories had been at fault.

In the autumn, by a tremendous, exhausting effort — for the harvest had to be gathered at almost the same time — the windmill was finished. The machinery had still to be installed, and Whymper was negotiating the purchase of it, but the structure was completed. In the teeth of every difficulty, in spite of inexperience, of primitive implements, of bad luck and of Snowball's treachery, the work had been finished punctually to the very day! Tired out but proud, the animals walked round and round their masterpiece, which appeared even more beautiful in their eyes than when it had been built the first time. Moreover, the walls were twice as thick as before. Nothing short of explosives would lay them low this time! And when they thought of how they had laboured, what discouragements they had overcome, and the enormous difference that would be made in their lives when the sails were turning and the dynamos running — when they thought of all this, their tiredness forsook them and they gambolled round and round the windmill, uttering cries of triumph. Napoleon himself, attended by his dogs and his cockerel, came down to inspect the completed work; he personally congratulated the animals on their achievement, and announced that the mill would be named Napoleon Mill.

Two days later the animals were called together for a special meeting in the barn. They were struck dumb with surprise when Napoleon announced that he had sold the pile of timber to Frederick. Tomorrow Frederick's wagons would arrive and begin carting it away. Throughout the whole period of his seeming friendship with Pilkington, Napoleon had really been in secret agreement with Frederick.

All relations with Foxwood had been broken off; insulting messages had been sent to Pilkington. The pigeons had been told to avoid Pinchfield Farm and to alter their slogan from "Death to Frederick" to "Death to Pilkington." At the same time Napoleon assured the animals that the stories of an impending attack on Animal Farm were completely untrue, and that the tales about Frederick's cruelty to his own animals had been greatly exaggerated. All these rumours had probably originated with Snowball and his agents. It now appeared that Snowball was not, after all, hiding on Pinchfield Farm, and in fact had never been there in his life: he was living — in considerable luxury, so it was said — at Foxwood, and had in reality been a pensioner of Pilkington for years past.

The pigs were in ecstasies over Napoleon's cunning. By seeming to be friendly with Pilkington he had forced Frederick to raise his price by twelve pounds. But the superior quality of Napoleon's mind, said Squealer, was shown in the fact that he trusted nobody, not even Frederick. Frederick had wanted to pay for the timber with something called a cheque, which, it seemed, was a piece of paper with a promise to pay written upon it. But Napoleon was too clever for him. He had demanded payment in real five-pound notes, which were to be handed over before the timber was removed. Already Frederick had paid up; and the sum he had paid was just enough to buy the machinery for the windmill.

Meanwhile the timber was being carted away at high speed. When it was all gone, another special meeting was held in the barn for the animals to inspect Frederick's bank-notes. Smiling beatifically, and wearing both his decorations, Napoleon reposed on a bed of straw on the platform, with the money at his side, neatly piled on a china dish from the farmhouse kitchen. The animals filed slowly past, and each gazed his fill. And Boxer put out his nose to sniff at the bank-notes, and the flimsy white things stirred and rustled in his breath.

Three days later there was a terrible hullabaloo. Whymper, his face deadly pale, came racing up the path on his bicycle, flung it down in the yard and rushed straight into the farmhouse. The next moment a choking roar of rage sounded from Napoleon's apartments. The news of what had happened sped round the farm like wildfire. The banknotes were forgeries! Frederick had got the timber for nothing!

Napoleon called the animals together immediately and in a terrible voice pronounced the death sentence upon Frederick. When captured, he said, Frederick should be boiled alive. At the same time he warned them that after this treacherous deed the worst was to be expected. Frederick and his men might make their long-expected attack at any moment. Sentinels were placed at all the approaches to the farm. In addition, four pigeons were sent to Foxwood with a conciliatory message, which it was hoped might re-establish good relations with Pilkington.

The very next morning the attack came. The animals were at breakfast when the look-outs came racing in with the news that Frederick and his followers had already come through the five-barred gate. Boldly enough the animals sallied forth to meet them, but this time they did not have the easy victory that they had had in the Battle of the Cowshed. There were fifteen men, with half a dozen guns between them, and they opened fire as soon as they got within fifty yards. The animals could not face the terrible explosions and the stinging pellets, and in spite of the efforts of Napoleon and Boxer to rally them, they were soon driven back. A number of them were already wounded. They took refuge in the farm buildings and peeped cautiously out from chinks and knot-holes. The whole of the big pasture, including the windmill, was in the hands of the enemy. For the moment even Napoleon seemed at a loss. He paced up and down without a word, his tail rigid and twitching. Wistful glances were sent in the direction of Fox wood. If Pilkington and his men would help them, the day might yet be won. But at this moment the four pigeons, who had been sent out on the day before, returned, one of them bearing a scrap of paper from Pilkington. On it was pencilled the words: "Serves you right."

Meanwhile Frederick and his men had halted about the windmill. The animals watched them, and a murmur of dismay went round. Two of the men had produced a crowbar and a sledge hammer. They were going to knock the windmill down.

"Impossible!" cried Napoleon. "We have built the walls far too thick for that. They could not knock it down in a week. Courage, comrades!"

But Benjamin was watching the movements of the men intently. The two with the hammer and the crowbar were drilling a hole near the base of the windmill. Slowly, and with an air almost of amusement, Benjamin nodded his long muzzle.

"I thought so," he said. "Do you not see what they are doing? In another moment they are going to pack blasting powder into that hole."

Terrified, the animals waited. It was impossible now to venture out of the shelter of the buildings. After a few minutes the men were seen to be running in all directions. Then there was a deafening roar. The pigeons swirled into the air, and all the animals, except Napoleon, flung themselves flat on their bellies and hid their faces. When they got up again, a huge cloud of black smoke was hanging where the windmill had been. Slowly the breeze drifted it away.

The windmill had ceased to exist!

At this sight the animals' courage returned to them. The fear and despair they had felt a moment earlier were drowned in their rage against this vile, contemptible act. A mighty cry for vengeance went up, and without waiting for further orders they charged forth in a body and made straight for the enemy. This time they did not heed the cruel pellets that swept over them like hail. It was a savage, bitter battle. The men fired again and again, and, when the animals got to close quarters, lashed out with their sticks and their heavy boots. A cow, three sheep, and two geese were killed, and nearly everyone was wounded. Even Napoleon, who was directing operations from the rear, had the tip of his tail chipped by a pellet. But the men did not go unscathed either. Three of them had their heads broken by blows from Boxer's hoofs; another was gored in the belly by a cow's horn; another had his trousers nearly torn off by Jessie and Bluebell. And when the nine dogs of Napoleon's own bodyguard, whom he had instructed to make a detour under cover of the hedge, suddenly appeared on the men's flank, baying ferociously, panic overtook them. They saw that they were in danger of being surrounded. Frederick shouted to his men to get out while the going was good, and the next moment the cowardly enemy was running for dear life. The animals chased them right down to the bottom of the field, and got in some last kicks at them as they forced their way through the thorn hedge.

They had won, but they were weary and bleeding. Slowly they began to limp back towards the farm. The sight of their dead comrades stretched upon the grass moved some of them to tears. And for a little while they halted in sorrowful silence at the place where the windmill had once stood. Yes, it was gone; almost the last trace of their labour was gone! Even the foundations were partially destroyed. And in rebuilding it they could not this time, as before, make use of the fallen stones. This time the stones had vanished too. The force of the explosion had flung them to distances of hundreds of yards. It was as though the windmill had never been.

As they approached the farm Squealer, who had unaccountably been absent during the fighting, came skipping towards them, whisking his tail and beaming with satisfaction. And the animals heard, from the direction of the farm buildings, the solemn booming of a gun.

"What is that gun firing for?" said Boxer.

"To celebrate our victory!" cried Squealer.

"What victory?" said Boxer. His knees were bleeding, he had lost a shoe and split his hoof, and a dozen pellets had lodged themselves in his hind leg.

"What victory, comrade? Have we not driven the enemy off our soil — the sacred soil of Animal Farm?"

"But they have destroyed the windmill. And we had worked on it for two years!"

"What matter? We will build another windmill. We will build six windmills if we feel like it. You do not appreciate, comrade, the mighty thing that we have done. The enemy was in occupation of this very ground that we stand upon. And now — thanks to the leadership of Comrade Napoleon — we have won every inch of it back again!"

"Then we have won back what we had before," said Boxer.

"That is our victory," said Squealer.

They limped into the yard. The pellets under the skin of Boxer's leg smarted painfully. He saw ahead of him the heavy labour of rebuilding the windmill from the foundations, and already in imagination he braced himself for the task. But for the first time it occurred to him that he was eleven years old and that perhaps his great muscles were not quite what they had once been.

But when the animals saw the green flag flying, and heard the gun firing again — seven times it was fired in all — and heard the speech that Napoleon made, congratulating them on their conduct, it did seem to them after all that they had won a great victory. The animals slain in the battle were given a solemn funeral. Boxer and Clover pulled the wagon which served as a hearse, and Napoleon himself walked at the head of the procession. Two whole days were given over to celebrations. There were songs, speeches, and more firing of the gun, and a special gift of an apple was bestowed on every animal, with two ounces of corn for each bird and three biscuits for each dog. It was announced that the battle would be called the Battle of the Windmill, and that Napoleon had created a new decoration, the Order of the Green Banner, which he had conferred upon himself. In the general rejoicings the unfortunate affair of the banknotes was forgotten.

It was a few days later than this that the pigs came upon a case of whisky in the cellars of the farmhouse. It had been overlooked at the time when the house was first occupied. That night there came from the farmhouse the sound of loud singing, in which, to everyone's surprise, the strains of Beasts of England were mixed up. At about half past nine Napoleon, wearing an old bowler hat of Mr. Jones's, was distinctly seen to emerge from the back door, gallop rapidly round the yard, and disappear in doors again. But in the morning a deep silence hung over the farmhouse. Not a pig appeared to be stirring. It was nearly nine o'clock when Squealer made his appearance, walking slowly and dejectedly, his eyes dull, his tail hanging limply behind him, and with every appearance of being seriously ill. He called the animals together and told them that he had a terrible piece of news to impart.

Comrade Napoleon was dying!

A cry of lamentation went up. Straw was laid down outside the doors of the farmhouse, and the animals walked on tiptoe. With tears in their eyes they asked one another what they should do if their Leader were taken away from them. A rumour went round that Snowball had after all contrived to introduce poison into Napoleon's food. At eleven o'clock Squealer came out to make another announcement. As his last act upon earth, Comrade Napoleon had pronounced a solemn decree: the drinking of alcohol was to be punished by death.

By the evening, however, Napoleon appeared to be somewhat better, and the following morning Squealer was able to tell them that he was well on the way to recovery. By the evening of that day Napoleon was back at work, and on the next day it was learned that he had instructed Whymper to purchase in Willingdon some booklets on brewing and distilling. A week later Napoleon gave orders that the small paddock beyond the orchard, which it had previously been intended to set aside as a grazing-ground for animals who were past work, was to be ploughed up. It was given out that the pasture was exhausted and needed re-seeding; but it soon became known that Napoleon intended to sow it with barley.

About this time there occurred a strange incident which hardly anyone was able to understand. One night at about twelve o'clock there was a loud crash in the yard, and the animals rushed out of their stalls. It was a moonlit night. At the foot of the end wall of the big barn, where the Seven Commandments were written, there lay a ladder broken in two pieces. Squealer, temporarily stunned, was sprawling beside it, and near at hand there lay a lantern, a paint-brush, and an overturned pot of white paint. The dogs immediately made a ring round Squealer, and escorted him back to the farmhouse as soon as he was able to walk. None of the animals could form any idea as to what this meant, except old Benjamin, who nodded his muzzle with a knowing air, and seemed to understand, but would say nothing.

But a few days later Muriel, reading over the Seven Commandments to herself, noticed that there was yet another of them which the animals had remembered wrong. They had thought the Fifth Commandment was "No animal shall drink alcohol," but there were two words that they had forgotten. Actually the Commandment read: "No animal shall drink alcohol to excess."

IX

Boxer's split hoof was a long time in healing. They had started the rebuilding of the windmill the day after the victory celebrations were ended Boxer refused to take even a day off work, and made it a point of honour not to let it be seen that he was in pain. In the evenings he would admit privately to Clover that the hoof troubled him a great deal. Clover treated the hoof with poultices of herbs which she prepared by chewing them, and both she and Benjamin urged Boxer to work less hard. "A horse's lungs do not last for ever," she said to him. But Boxer would not listen. He had, he said, only one real ambition left — to see the windmill well under way before he reached the age for retirement.

At the beginning, when the laws of Animal Farm were first formulated, the retiring age had been fixed for horses and pigs at twelve, for cows at fourteen, for dogs at nine, for sheep at seven, and for hens and geese at five. Liberal old-age pensions had been agreed upon. As yet no animal had actually retired on pension, but of late the subject had been discussed more and more. Now that the small field beyond the orchard had been set aside for barley, it was rumoured that a corner of the large pasture was to be fenced off and turned into a grazing-ground for superannuated animals. For a horse, it was said, the pension would be five pounds of corn a day and, in winter, fifteen pounds of hay, with a carrot or possibly an apple on public holidays. Boxer's twelfth birthday was due in the late summer of the following year.

Meanwhile life was hard. The winter was as cold as the last one had been, and food was even shorter. Once again all rations were reduced, except those of the pigs and the dogs. A too rigid equality in rations, Squealer explained, would have been contrary to the principles of Animalism. In any case he had no difficulty in proving to the other animals that they were not in reality short of food, whatever the appearances might be. For the time being, certainly, it had been found necessary to make a readjustment of rations (Squealer always spoke of it as a "readjustment," never as a "reduction"), but in comparison with the days of Jones, the improvement was enormous. Reading out the figures in a shrill, rapid voice, he proved to them in detail that they had more oats, more hay, more turnips than they had had in Jones's day, that they worked shorter hours, that their drinking water was of better quality, that they lived longer, that a larger proportion of their young ones survived infancy, and that they had more straw in their stalls and suffered less from fleas. The animals believed every word of it. Truth to tell, Jones and all he stood for had almost faded out of their memories. They knew that life nowadays was harsh and bare, that they were often hungry and often cold, and that they were usually working when they were not asleep. But doubtless it had been worse in the old days. They were glad to believe so. Besides, in those days they had been slaves and now they were free, and that made all the difference, as Squealer did not fail to point out.

There were many more mouths to feed now. In the autumn the four sows had all littered about simultaneously, producing thirty-one young pigs between them. The young pigs were piebald, and as Napoleon was the only boar on the farm, it was possible to guess at their parentage. It was announced that later, when bricks and timber had been purchased, a schoolroom would be built in the farmhouse garden. For the time being, the young pigs were given their instruction by Napoleon himself in the farmhouse kitchen. They took their exercise in the garden, and were discouraged from playing with the other young animals. About this time, too, it was laid down as a rule that when a pig and any other animal met on the path, the other animal must stand aside: and also that all pigs, of whatever degree, were to have the privilege of wearing green ribbons on their tails on Sundays.

The farm had had a fairly successful year, but was still short of money. There were the bricks, sand, and lime for the schoolroom to be purchased, and it would also be necessary to begin saving up again for the machinery for the windmill. Then there were lamp oil and candles for the house, sugar for Napoleon's own table (he forbade this to the other pigs, on the ground that it made them fat), and all the usual replacements such as tools, nails, string, coal, wire, scrap-iron, and dog biscuits. A stump of hay and part of the potato crop were sold off, and the contract for eggs was increased to six hundred a week, so that that year the hens barely hatched enough chicks to keep their numbers at the same level. Rations, reduced in December, were reduced again in February, and lanterns in the stalls were forbidden to save Oil. But the pigs seemed comfortable enough, and in fact were putting on weight if anything. One afternoon in late February a warm, rich, appetising scent, such as the animals had never smelt before, wafted itself across the yard from the little brew-house, which had been disused in Jones's time, and which stood beyond the kitchen. Someone said it was the smell of cooking barley. The animals sniffed the air hungrily and wondered whether a warm mash was being prepared for their supper. But no warm mash appeared, and on the following Sunday it was announced that from now onwards all barley would be reserved for the pigs. The field beyond the orchard had already been sown with barley. And the news soon leaked out that every pig was now receiving a ration of a pint of beer daily, with half a gallon for Napoleon himself, which was always served to him in the Crown Derby soup tureen.

But if there were hardships to be borne, they were partly offset by the fact that life nowadays had a greater dignity than it had had before. There were more songs, more speeches, more processions. Napoleon had commanded that once a week there should be held something called a Spontaneous Demonstration, the object of which was to celebrate the struggles and triumphs of Animal Farm. At the appointed time the animals would leave their work and march round the precincts of the farm in military formation, with the pigs leading, then the horses, then the cows, then the sheep, and then the poultry. The dogs flanked the procession and at the head of all marched Napoleon's black cockerel. Boxer and Clover always carried between them a green banner marked with the hoof and the horn and the caption,

"Long live Comrade Napoleon!" Afterwards there were recitations of poems composed in Napoleon's honour, and a speech by Squealer giving particulars of the latest increases in the production of foodstuffs, and on occasion a shot was fired from the gun. The sheep were the greatest devotees of the Spontaneous Demonstration, and if anyone complained (as a few animals sometimes did, when no pigs or dogs were near) that they wasted time and meant a lot of standing about in the cold, the sheep were sure to silence him with a tremendous bleating of "Four legs good, two legs bad!" But by and large the animals enjoyed these celebrations. They found it comforting to be reminded that, after all, they were truly their own masters and that the work they did was for their own benefit. So that, what with the songs, the processions, Squealer's lists of figures, the thunder of the gun, the crowing of the cockerel, and the fluttering of the flag, they were able to forget that their bellies were empty, at least part of the time.

In April, Animal Farm was proclaimed a Republic, and it became necessary to elect a President. There was only one candidate, Napoleon, who was elected unanimously. On the same day it was given out that fresh documents had been discovered which revealed further details about Snowball's complicity with Jones. It now appeared that Snowball had not, as the animals had previously imagined, merely attempted to lose the Battle of the Cowshed by means of a stratagem, but had been openly fighting on Jones's side. In fact, it was he who had actually been the leader of the human forces, and had charged into battle with the words "Long live Humanity!" on his lips. The wounds on Snowball's back, which a few of the animals still remembered to have seen, had been inflicted by Napoleon's teeth.

In the middle of the summer Moses the raven suddenly reappeared on the farm, after an absence of several years. He was quite unchanged, still did no work, and talked in the same strain as ever about Sugarcandy Mountain. He would perch on a stump, flap his black wings, and talk by the hour to anyone who would listen. "Up there, comrades," he would say solemnly, pointing to the sky with his large beak — "up there, just on the other side of that dark cloud that you can see — there it lies, Sugarcandy Mountain, that happy country where we poor animals shall rest for ever from our labours!" He even claimed to have been there on one of his higher flights, and to have seen the everlasting fields of clover and the linseed cake and lump sugar growing on the hedges. Many of the animals believed him. Their lives now, they reasoned, were hungry and laborious; was it not right and just that a better world should exist somewhere else? A thing that was difficult to determine was the attitude of the pigs towards Moses. They all declared contemptuously that his stories about Sugarcandy Mountain were lies, and yet they allowed him to remain on the farm, not working, with an allowance of a gill of beer a day.

After his hoof had healed up, Boxer worked harder than ever. Indeed, all the animals worked like slaves that year. Apart from the regular work of the farm, and the rebuilding of the windmill, there was the schoolhouse for the young pigs, which was started in March. Sometimes the long hours on insufficient food were hard to bear, but Boxer never faltered. In nothing that he said or did was there any sign that his strength was not what it had been. It was only his appearance that was a little altered; his hide was less shiny than it had used to be, and his great haunches seemed to have shrunken. The others said, "Boxer will pick up when the spring grass comes on"; but the spring came and Boxer grew no fatter. Sometimes on the slope leading to the top of the quarry, when he braced his muscles against the weight of some vast boulder, it seemed that nothing kept him on his feet except the will to continue. At such times his lips were seen to form the words, "I will work harder"; he had no voice left. Once again Clover and Benjamin warned him to take care of his health, but Boxer paid no attention. His twelfth birthday was approaching. He did not care what happened so long as a good store of stone was accumulated before he went on pension.

Late one evening in the summer, a sudden rumour ran round the farm that something had happened to Boxer. He had gone out alone to drag a load of stone down to the windmill. And sure enough, the rumour was true. A few minutes later two pigeons came racing in with the news: "Boxer has fallen! He is lying on his side and can't get up!"

About half the animals on the farm rushed out to the knoll where the windmill stood. There lay Boxer, between the shafts of the cart, his neck stretched out, unable even to raise his head. His eyes were glazed, his sides matted with sweat. A thin stream of blood had trickled out of his mouth. Clover dropped to her knees at his side.

"Boxer!" she cried, "how are you?"

"It is my lung," said Boxer in a weak voice. "It does not matter. I think you will be able to finish the windmill without me. There is a pretty good store of stone accumulated. I had only another month to go in any case. To tell you the truth, I had been looking forward to my retirement. And perhaps, as Benjamin is growing old too, they will let him retire at the same time and be a companion to me."

"We must get help at once," said Clover. "Run, somebody, and tell Squealer what has happened."

All the other animals immediately raced back to the farmhouse to give Squealer the news. Only Clover remained, and Benjamin7 who lay down at Boxer's side, and, without speaking, kept the flies off him with his long tail. After about a quarter of an hour Squealer appeared, full of sympathy and concern. He said that Comrade Napoleon had learned with the very deepest distress of this misfortune to one of the most loyal workers on the farm, and was already making arrangements to send Boxer to be treated in the hospital at Willingdon. The animals felt a little uneasy at this. Except for Mollie and Snowball, no other animal had ever left the farm, and they did not like to think of their sick comrade in the hands of human beings. However, Squealer easily convinced them that the veterinary surgeon in Willingdon could treat Boxer's case more satisfactorily than could be done on the farm. And about half an hour later, when Boxer had somewhat recovered, he was with difficulty got on to his feet, and managed to limp back to his stall, where Clover and Benjamin had prepared a good bed of straw for him.

For the next two days Boxer remained in his stall. The pigs had sent out a large bottle of pink medicine which they had found in the medicine chest in the bathroom, and Clover administered it to Boxer twice a day after meals. In the evenings she lay in his stall and talked to him, while Benjamin kept the flies off him. Boxer professed not to be sorry for what had happened. If he made a good recovery, he might expect to live another three years, and he looked forward to the peaceful days that he would spend in the corner of the big pasture. It would be the first time that he had had leisure to study and improve his mind. He intended, he said, to devote the rest of his life to learning the remaining twenty-two letters of the alphabet.

However, Benjamin and Clover could only be with Boxer after working hours, and it was in the middle of the day when the van came to take him away. The animals were all at work weeding turnips under the supervision of a pig, when they were astonished to see Benjamin come galloping from the direction of the farm buildings, braying at the top of his voice. It was the first time that they had ever seen Benjamin excited — indeed, it was the first time that anyone had ever seen him gallop. "Quick, quick!" he shouted. "Come at once! They're taking Boxer away!" Without waiting for orders from the pig, the animals broke off work and raced back to the farm buildings. Sure enough, there in the yard was a large closed van, drawn by two horses, with lettering on its side and a sly-looking man in a low-crowned bowler hat sitting on the driver's seat. And Boxer's stall was empty.

The animals crowded round the van. "Good-bye, Boxer!" they chorused, "good-bye!"

"Fools! Fools!" shouted Benjamin, prancing round them and stamping the earth with his small hoofs.

"Fools! Do you not see what is written on the side of that van?"

That gave the animals pause, and there was a hush. Muriel began to spell out the words. But Benjamin pushed her aside and in the midst of a deadly silence he read:

" 'Alfred Simmonds, Horse Slaughterer and Glue Boiler, Willingdon. Dealer in Hides and Bone-Meal. Kennels Supplied.' Do you not understand what that means? They are taking Boxer to the knacker's!"

A cry of horror burst from all the animals. At this moment the man on the box whipped up his horses and the van moved out of the yard at a smart trot. All the animals followed, crying out at the tops of their voices. Clover forced her way to the front. The van began to gather speed. Clover tried to stir her stout limbs to a gallop, and achieved a canter. "Boxer!" she cried. "Boxer! Boxer! Boxer!" And just at this moment, as though he had heard the uproar outside, Boxer's face, with the white stripe down his nose, appeared at the small window at the back of the van.

"Boxer!" cried Clover in a terrible voice. "Boxer! Get out! Get out quickly! They're taking you to your death!"

All the animals took up the cry of "Get out, Boxer, get out!" But the van was already gathering speed and drawing away from them. It was uncertain whether Boxer had understood what Clover had said. But a moment later his face disappeared from the window and there was the sound of a tremendous drumming of hoofs inside the van. He was trying to kick his way out. The time had been when a few kicks from Boxer's hoofs would have smashed the van to matchwood. But alas! his strength had left him; and in a few moments the sound of drumming hoofs grew fainter and died away. In desperation the animals began appealing to the two horses which drew the van to stop. "Comrades, comrades!" they shouted. "Don't take your own brother to his death! " But the stupid brutes, too ignorant to realise what was happening, merely set back their ears and quickened their pace. Boxer's face did not reappear at the window. Too late, someone thought of racing ahead and shutting the five-barred gate; but in another moment the van was through it and rapidly disappearing down the road. Boxer was never seen again.

Three days later it was announced that he had died in the hospital at Willingdon, in spite of receiving every attention a horse could have. Squealer came to announce the news to the others. He had, he said, been present during Boxer's last hours.

"It was the most affecting sight I have ever seen!" said Squealer, lifting his trotter and wiping away a tear. "I was at his bedside at the very last. And at the end, almost too weak to speak, he whispered in my ear that his sole sorrow was to have passed on before the windmill was finished. 'Forward, comrades!' he whispered. 'Forward in the name of the Rebellion. Long live Animal Farm! Long live Comrade Napoleon! Napoleon is always right.' Those were his very last words, comrades."

Here Squealer's demeanour suddenly changed. He fell silent for a moment, and his little eyes darted suspicious glances from side to side before he proceeded.

It had come to his knowledge, he said, that a foolish and wicked rumour had been circulated at the time of Boxer's removal. Some of the animals had noticed that the van which took Boxer away was marked "Horse Slaughterer," and had actually jumped to the conclusion that Boxer was being sent to the knacker's. It was almost unbelievable, said Squealer, that any animal could be so stupid. Surely, he cried indignantly, whisking his tail and skipping from side to side, surely they knew their beloved Leader, Comrade Napoleon, better than that? But the explanation was really very simple. The van had previously been the property of the knacker, and had been bought by the veterinary surgeon, who had not yet painted the old name out. That was how the mistake had arisen.

The animals were enormously relieved to hear this. And when Squealer went on to give further graphic details of Boxer's death-bed, the admirable care he had received, and the expensive medicines for which Napoleon had paid without a thought as to the cost, their last doubts disappeared and the sorrow that they felt for their comrade's death was tempered by the thought that at least he had died happy.

Napoleon himself appeared at the meeting on the following Sunday morning and pronounced a short oration in Boxer's honour. It had not been possible, he said, to bring back their lamented comrade's remains for interment on the farm, but he had ordered a large wreath to be made from the laurels in the farmhouse garden and sent down to be placed on Boxer's grave. And in a few days' time the pigs intended to hold a memorial banquet in Boxer's honour. Napoleon ended his speech with a reminder of Boxer's two favourite maxims, "I will work harder" and "Comrade Napoleon is always right" — maxims, he said, which every animal would do well to adopt as his own.

On the day appointed for the banquet, a grocer's van drove up from Willingdon and delivered a large wooden crate at the farmhouse. That night there was the sound of uproarious singing, which was followed by what sounded like a violent quarrel and ended at about eleven o'clock with a tremendous crash of glass. No one stirred in the farmhouse before noon on the following day, and the word went round that from somewhere or other the pigs had acquired the money to buy themselves another case of whisky.

X

Years passed. The seasons came and went, the short animal lives fled by. A time came when there was no one who remembered the old days before the Rebellion, except Clover, Benjamin, Moses the raven, and a number of the pigs.

Muriel was dead; Bluebell, Jessie, and Pincher were dead. Jones too was dead — he had died in an inebriates' home in another part of the country. Snowball was forgotten. Boxer was forgotten, except by the few who had known him. Clover was an old stout mare now, stiff in the joints and with a tendency to rheumy eyes. She was two years past the retiring age, but in fact no animal had ever actually retired. The talk of setting aside a corner of the pasture for superannuated animals had long since been dropped. Napoleon was now a mature boar of twenty-four stone. Squealer was so fat that he could with difficulty see out of his eyes. Only old Benjamin was much the same as ever, except for being a little greyer about the muzzle, and, since Boxer's death, more morose and taciturn than ever.

There were many more creatures on the farm now, though the increase was not so great as had been expected in earlier years. Many animals had been born to whom the Rebellion was only a dim tradition, passed on by word of mouth, and others had been bought who had never heard mention of such a thing before their arrival. The farm possessed three horses now besides Clover. They were fine upstanding beasts, willing workers and good comrades, but very stupid. None of them proved able to learn the alphabet beyond the letter B. They accepted everything that they were told about the Rebellion and the principles of Animalism, especially from Clover, for whom they had an almost filial respect; but it was doubtful whether they understood very much of it.

The farm was more prosperous now, and better organised: it had even been enlarged by two fields which had been bought from Mr. Pilkington. The windmill had been successfully completed at last, and the farm possessed a threshing machine and a hay elevator of its own, and various new buildings had been added to it. Whymper had bought himself a dogcart. The windmill, however, had not after all been used for generating electrical power. It was used for milling corn, and brought in a handsome money profit. The animals were hard at work building yet another windmill; when that one was finished, so it was said, the dynamos would be installed. But the luxuries of which Snowball had once taught the animals to dream, the stalls with electric light and hot and cold water, and the three-day week, were no longer talked about. Napoleon had denounced such ideas as contrary to the spirit of Animalism. The truest happiness, he said, lay in working hard and living frugally.

Somehow it seemed as though the farm had grown richer without making the animals themselves any richer — except, of course, for the pigs and the dogs. Perhaps this was partly because there were so many pigs and so many dogs. It was not that these creatures did not work, after their fashion. There was, as Squealer was never tired of explaining, endless work in the supervision and organisation of the farm. Much of this work was of a kind that the other animals were too ignorant to understand. For example, Squealer told them that the pigs had to expend enormous labours every day upon mysterious things called "files," "reports," "minutes," and "memoranda." These were large sheets of paper which had to be closely covered with writing, and as soon as they were so covered, they were burnt in the furnace. This was of the highest importance for the welfare of the farm, Squealer said. But still, neither pigs nor dogs produced any food by their own labour; and there were very many of them, and their appetites were always good.

As for the others, their life, so far as they knew, was as it had always been. They were generally hungry, they slept on straw, they drank from the pool, they laboured in the fields; in winter they were troubled by the cold, and in summer by the flies. Sometimes the older ones among them racked their dim memories and tried to determine whether in the early days of the Rebellion, when Jones's expulsion was still recent, things had been better or worse than now. They could not remember. There was nothing with which they could compare their present lives: they had nothing to go upon except Squealer's lists of figures, which invariably demonstrated that everything was getting better and better. The animals found the problem insoluble; in any case, they had little time for speculating on such things now. Only old Benjamin professed to remember every detail of his long life and to know that things never had been, nor ever could be much better or much worse — hunger, hardship, and disappointment being, so he said, the unalterable law of life.

And yet the animals never gave up hope. More, they never lost, even for an instant, their sense of honour and privilege in being members of Animal

Farm. They were still the only farm in the whole county — in all England! — owned and operated by animals. Not one of them, not even the youngest, not even the newcomers who had been brought from farms ten or twenty miles away, ever ceased to marvel at that. And when they heard the gun booming and saw the green flag fluttering at the masthead, their hearts swelled with imperishable pride, and the talk turned always towards the old heroic days, the expulsion of Jones, the writing of the Seven Commandments, the great battles in which the human invaders had been defeated. None of the old dreams had been abandoned. The Republic of the Animals which Major had foretold, when the green fields of England should be untrodden by human feet, was still believed in. Some day it was coming: it might not be soon, it might not be with in the lifetime of any animal now living, but still it was coming. Even the tune of Beasts of England was perhaps hummed secretly here and there: at any rate, it was a fact that every animal on the farm knew it, though no one would have dared to sing it aloud. It might be that their lives were hard and that not all of their hopes had been fulfilled; but they were conscious that they were not as other animals. If they went hungry, it was not from feeding tyrannical human beings; if they worked hard, at least they worked for themselves. No creature among them went upon two legs. No creature called any other creature "Master." All animals were equal.

One day in early summer Squealer ordered the sheep to follow him, and led them out to a piece of waste ground at the other end of the farm, which had become overgrown with birch saplings. The sheep spent the whole day there browsing at the leaves under Squealer's supervision. In the evening he returned to the farmhouse himself, but, as it was warm weather, told the sheep to stay where they were. It ended by their remaining there for a whole week, during which time the other animals saw nothing of them. Squealer was with them for the greater part of every day. He was, he said, teaching them to sing a new song, for which privacy was needed.

It was just after the sheep had returned, on a pleasant evening when the animals had finished work and were making their way back to the farm buildings, that the terrified neighing of a horse sounded from the yard. Startled, the animals stopped in their tracks. It was Clover's voice. She neighed again, and all the animals broke into a gallop and rushed into the yard. Then they saw what Clover had seen.

It was a pig walking on his hind legs.

Yes, it was Squealer. A little awkwardly, as though not quite used to supporting his considerable bulk in that position, but with perfect balance, he was strolling across the yard. And a moment later, out from the door of the farmhouse came a long file of pigs, all walking on their hind legs. Some did it better than others, one or two were even a trifle unsteady and looked as though they would have liked the support of a stick, but every one of them made his way right round the yard successfully. And finally there was a tremendous baying of dogs and a shrill crowing from the black cockerel, and out came Napoleon himself, majestically upright, casting haughty glances from side to side, and with his dogs gambolling round him.

He carried a whip in his trotter.

There was a deadly silence. Amazed, terrified, huddling together, the animals watched the long line of pigs march slowly round the yard. It was as though the world had turned upside-down. Then there came a moment when the first shock had worn off and when, in spite of everything — in spite of their terror of the dogs, and of the habit, developed through long years, of never complaining, never criticising, no matter what happened — they might have uttered some word of protest. But just at that moment, as though at a signal, all the sheep burst out into a tremendous bleating of —

"Four legs good, two legs better! Four legs good, two legs better! Four legs good, two legs better!"

It went on for five minutes without stopping. And by the time the sheep had quieted down, the chance to utter any protest had passed, for the pigs had marched back into the farmhouse.

Benjamin felt a nose nuzzling at his shoulder. He looked round. It was Clover. Her old eyes looked dimmer than ever. Without saying anything, she tugged gently at his mane and led him round to the end of the big barn, where the Seven Commandments were written. For a minute or two they stood gazing at the tatted wall with its white lettering.

"My sight is failing," she said finally. "Even when I was young I could not have read what was written there. But it appears to me that that wall looks different. Are the Seven Commandments the same as they used to be, Benjamin?"

For once Benjamin consented to break his rule, and he read out to her what was written on the wall. There was nothing there now except a single Commandment. It ran:

ALL ANIMALS ARE EQUAL
BUT SOME ANIMALS ARE MORE EQUAL
THAN OTHERS

After that it did not seem strange when next day the pigs who were supervising the work of the farm all carried whips in their trotters. It did not seem strange to learn that the pigs had bought themselves a wireless set, were arranging to install a telephone, and had taken out subscriptions to John Bull, TitBits, and the Daily Mirror. It did not seem strange when Napoleon was seen strolling in the farmhouse garden with a pipe in his mouth — no, not even when the pigs took Mr. Jones's clothes out of the wardrobes and put them on, Napoleon himself appearing in a black coat, ratcatcher breeches, and leather leggings, while his favourite sow appeared in the watered silk dress which Mrs. Jones had been used to wear on Sundays.

A week later, in the afternoon, a number of dogcarts drove up to the farm. A deputation of neighbouring farmers had been invited to make a tour of inspection. They were shown all over the farm, and expressed great admiration for everything they saw, especially the windmill. The animals were weeding the turnip field. They worked diligently hardly raising their faces from the ground, and not knowing whether to be more frightened of the pigs or of the human visitors.

That evening loud laughter and bursts of singing came from the farmhouse. And suddenly, at the sound of the mingled voices, the animals were stricken with curiosity. What could be happening in there, now that for the first time animals and human beings were meeting on terms of equality? With one accord they began to creep as quietly as possible into the farmhouse garden.

At the gate they paused, half frightened to go on but Clover led the way in. They tiptoed up to the house, and such animals as were tall enough peered in at the dining-room window. There, round the long table, sat half a dozen farmers and half a dozen of the more eminent pigs, Napoleon himself occupying the seat of honour at the head of the table. The pigs appeared completely at ease in their chairs The company had been enjoying a game of cards but had broken off for the moment, evidently in order to drink a toast. A large jug was circulating, and the mugs were being refilled with beer. No one noticed the wondering faces of the animals that gazed in at the window.

Mr. Pilkington, of Foxwood, had stood up, his mug in his hand. In a moment, he said, he would ask the present company to drink a toast. But before doing so, there were a few words that he felt it incumbent upon him to say.

It was a source of great satisfaction to him, he said — and, he was sure, to all others present — to feel that a long period of mistrust and misunderstanding had now come to an end. There had been a time — not that he, or any of the present company, had shared such sentiments — but there had been a time when the respected proprietors of Animal Farm had been regarded, he would not say with hostility, but perhaps with a certain measure of misgiving, by their human neighbours. Unfortunate incidents had occurred, mistaken ideas had been current. It had been felt that the existence of a farm owned and operated by pigs was somehow abnormal and was liable to have an unsettling effect in the neighbourhood. Too many farmers had assumed, without due enquiry, that on such a farm a spirit of licence and indiscipline would prevail. They had been nervous about the effects upon their own animals, or even upon their human employees. But all such doubts were now dispelled. Today he and his friends had visited Animal Farm and inspected every inch of it with their own eyes, and what did they find? Not only the most up-to-date methods, but a discipline and an orderliness which should be an example to all farmers everywhere. He believed that he was right in saying that the lower animals on Animal Farm did more work and received less food than any animals in the county. Indeed, he and his fellow-visitors today had observed many features which they intended to introduce on their own farms immediately.

He would end his remarks, he said, by emphasising once again the friendly feelings that subsisted, and ought to subsist, between Animal Farm and its neighbours. Between pigs and human beings there was not, and there need not be, any clash of interests whatever. Their struggles and their difficulties were one. Was not the labour problem the same everywhere? Here it became apparent that Mr. Pilkington was about to spring some carefully prepared witticism on the company, but for a moment he was too overcome by amusement to be able to utter it. After much choking, during which his various chins turned purple, he managed to get it out: "If you have your lower animals to contend with," he said, "we have our lower classes!" This bon mot set the table in a roar; and Mr. Pilkington once again congratulated the pigs on the low rations, the long working hours, and the general absence of pampering which he had observed on Animal Farm.

And now, he said finally, he would ask the company to rise to their feet and make certain that their glasses were full. "Gentlemen," concluded Mr. Pilkington, "gentlemen, I give you a toast: To the prosperity of Animal Farm!"

There was enthusiastic cheering and stamping of feet. Napoleon was so gratified that he left his place and came round the table to clink his mug against Mr. Pilkington's before emptying it. When the cheering had died down, Napoleon, who had remained on his feet, intimated that he too had a few words to say.

Like all of Napoleon's speeches, it was short and to the point. He too, he said, was happy that the period of misunderstanding was at an end. For a long time there had been rumours — circulated, he had reason to think, by some malignant enemy — that there was something subversive and even revolutionary in the outlook of himself and his colleagues. They had been credited with attempting to stir up rebellion among the animals on neighbouring farms. Nothing could be further from the truth! Their sole wish, nowand in the past, was to live at peace and in normal business relations with their neighbours. This farm which he had the honour to control, he added, was a co-operative enterprise. The title-deeds, which were in his own possession, were owned by the pigs jointly.

He did not believe, he said, that any of the old suspicions still lingered, but certain changes had been made recently in the routine of the farm which should have the effect of promoting confidence stiff further. Hitherto the animals on the farm had had a rather foolish custom of addressing one another as "Comrade." This was to be suppressed. There had also been a very strange custom, whose origin was unknown, of marching every Sunday morning past a boar's skull which was nailed to a post in the garden. This, too, would be suppressed, and the skull had already been buried. His visitors might have observed, too, the green flag which flew from the masthead. If so, they would perhaps have noted that the white hoof and horn with which it had previously been marked had now been removed. It would be a plain green flag from now onwards.

He had only one criticism, he said, to make of Mr. Pilkington's excellent and neighbourly speech. Mr. Pilkington had referred throughout to "Animal Farm." He could not of course know — for he, Napoleon, was only now for the first time announcing it — that the name "Animal Farm" had been abolished. Henceforward the farm was to be known as "The Manor Farm" — which, he believed, was its correct and original name.

"Gentlemen," concluded Napoleon, "I will give you the same toast as before, but in a different form. Fill your glasses to the brim. Gentlemen, here is my toast: To the prosperity of The Manor Farm!"

There was the same hearty cheering as before, and the mugs were emptied to the dregs. But as the animals outside gazed at the scene, it seemed to them that some strange thing was happening. What was it that had altered in the faces of the pigs? Clover's old dim eyes flitted from one face to another. Some of them had five chins, some had four, some had three. But what was it that seemed to be melting and changing? Then, the applause having come to an end, the company took up their cards and continued the game that had been interrupted, and the animals crept silently away.

But they had not gone twenty yards when they stopped short. An uproar of voices was coming from the farmhouse. They rushed back and looked through the window again. Yes, a violent quarrel was in progress. There were shoutings, bangings on the table, sharp suspicious glances, furious denials. The source of the trouble appeared to be that Napoleon and Mr. Pilkington had each played an ace of spades simultaneously.

Twelve voices were shouting in anger, and they were all alike. No question, now, what had happened to the faces of the pigs. The creatures outside looked from pig to man, and from man to pig, and from pig to man again; but already it was impossible to say which was which.

동물농장을 다시 읽다

1판 1쇄 발행일 2012년 12월 10일
지은이 | 김욱동
펴낸이 | 임왕준
편집인 | 김문영
교정·교열 | 양은희
펴낸곳 | 이숲
등록 | 2008년 3월 28일 제301-2008-086호
주소 | 서울시 중구 장충단로 8가길 2-1(장충동 1가 38-70)
전화 | 2235-5580
팩스 | 6442-5581
홈페이지 | http://www.esoope.com
블로그 | http://esoope.blog.me
Email | esoope@naver.com
ISBN | 978-89-94228-56-3 93840

▶ 이 책은 환경보호를 위해 재생종이를 사용하여 제작하였으며 한국출판문화진흥원이 인증하는 녹색출판마크를 사용하였습니다.
▶ 이 도서의 국립중앙도서관 출판시도서목록(CIP)은 e-CIP홈페이지(http://www.nl.go.kr/ecip)와 국가자료공동목록시스템(http://www.nl.go.kr/kolisnet)에서 이용하실 수 있습니다.(CIP제어번호: CIP2012005628)